U0838818

谨以此书纪念江树峰先生百岁诞辰

江树峰先生生平简介

江树峰，原名世伯，字达臣，江苏扬州人，生于1914年。1941年主持新四军东进后的《东南晨报》(《江海报》前身)。1949年前后，曾任职扬州中学，解放初为政常科首席教员，后任扬州师范学院外国文学教研室主任。曾任扬州市政协副主席(驻会办公)，江苏省文联常委，江苏省作协理事。系《东方文化》杂志创办人之一，中华诗词学会发起人之一，曾任中华诗词学会筹委会副秘书长，中华诗词学会学术委员会副主任。1993年于北京辞世，享年八十虚岁。著作有《苏联文学小史》、《水浒的好处》、《梦翰诗词抄》前编、续编、再续集等。

江樹峰詩文選

江树峰 著

凤凰出版社

图书在版编目（C I P）数据

江树峰诗文选 / 江树峰著. -- 南京 : 凤凰出版社,
2014.3
ISBN 978-7-5506-1107-8

Ⅰ. ①江… Ⅱ. ①江… Ⅲ. ①诗词－作品集－中国－当代②散文集－中国－当代 Ⅳ. ①I217.2

中国版本图书馆CIP数据核字(2014)第054754号

书　　名	江树峰诗文选
著　　者	江树峰
责任编辑	卞　岐
出版发行	凤凰出版传媒股份有限公司 凤凰出版社(原江苏古籍出版社) 发行部电话025-83223462
出版社地址	南京市中央路165号,邮编:210009
出版社网址	http://www.fhcbs.com
经　　销	凤凰出版传媒股份有限公司
照　　排	江苏凤凰制版有限公司
印　　刷	江苏凤凰盐城印刷有限公司 江苏省盐城市纯化路29号,邮编:224001
开　　本	652×960毫米　1/16
印　　张	19.25
字　　数	142千字
版　　次	2014年3月第1版　2014年3月第1次印刷
标准书号	ISBN 978-7-5506-1107-8
定　　价	50.00元

(本书凡印装错误可向承印厂调换,电话:0515-88153008)

江树峰先生在书房

1989年10月在北京复兴门大街留影

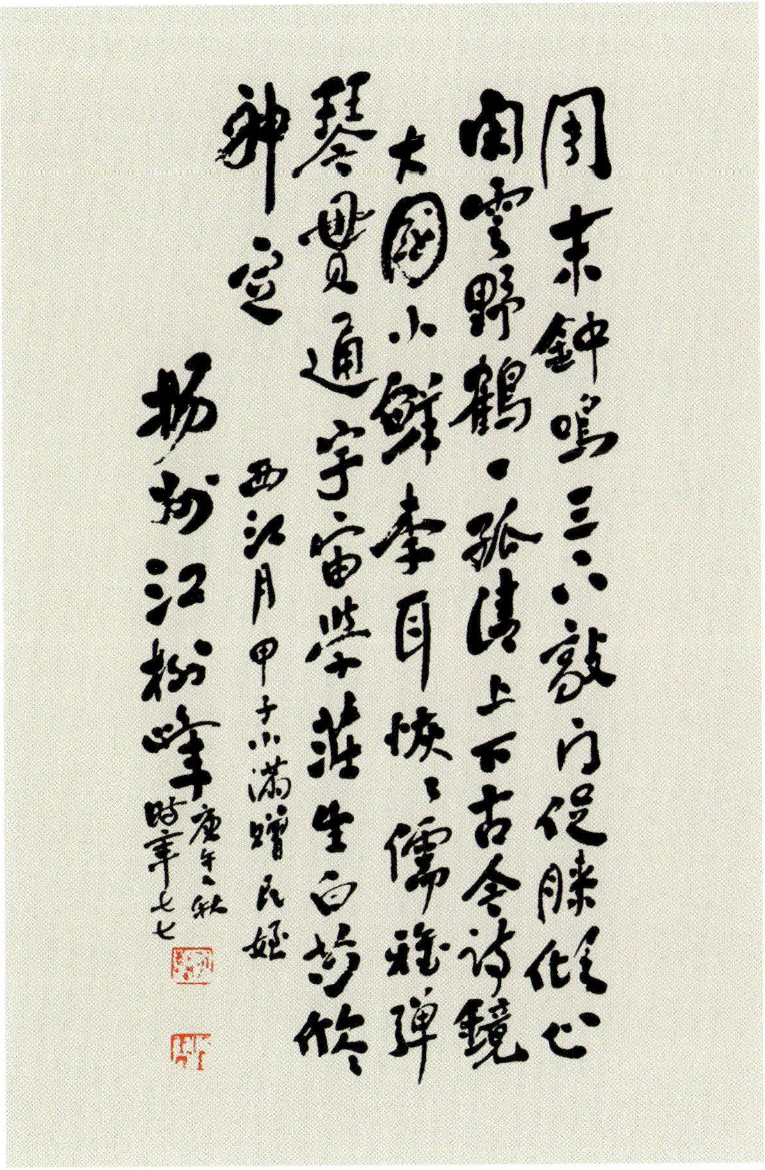

江树峰先生书法《西江月》词

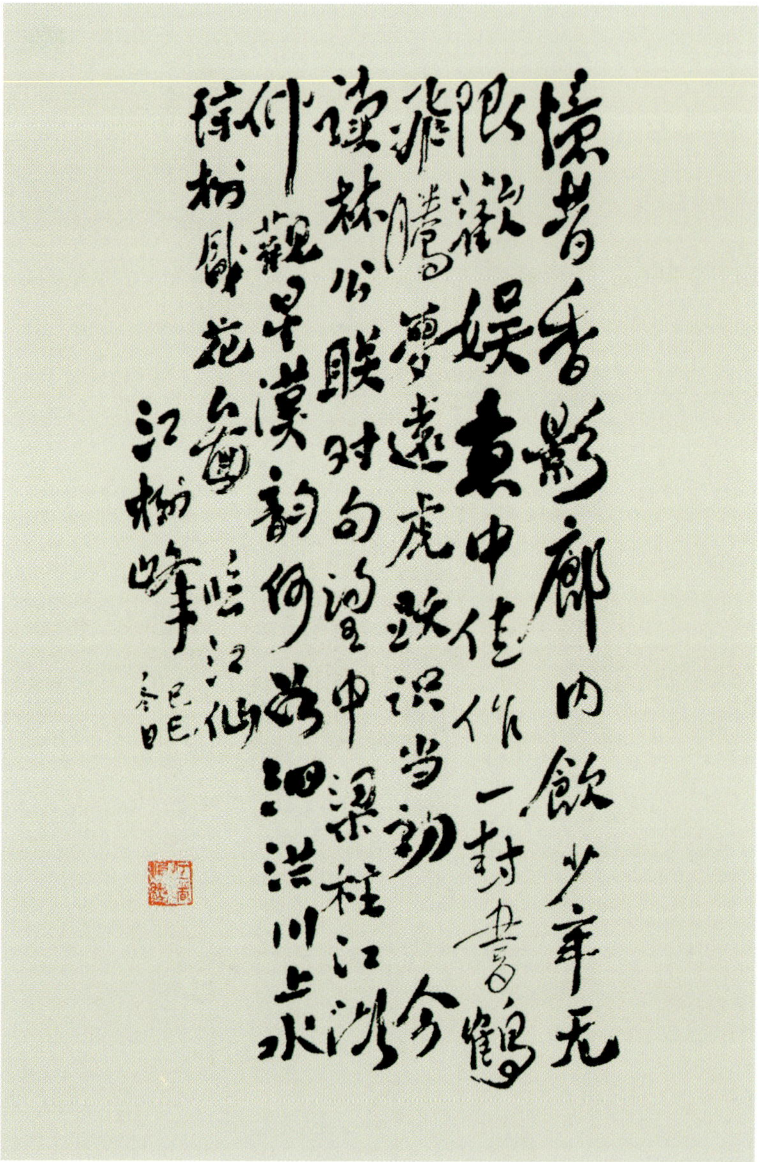

江树峰先生书法《临江仙》词

目　录

梦翰文选

《梦翰诗词钞》序

吴调公

《梦翰诗词钞》定稿本从北京寄来了。我怀着恍如和老友晤对的心情，抚摸着《诗钞》的每一页。我被这一份内容丰富和魅力极强的力作吸引了。它是这样地撼动我的心灵的创作：镌刻着大泽龙蛇的斗争岁月的；喷薄着"我以我血荐轩辕"的如山壮气的；为分散在天南地北的鸿儒硕彦的友人们唱出衷心的嘤鸣之歌的；描绘祖国人文宏伟和江山壮丽书卷的。几乎每一首、每一页都引起我深思：使我振奋，使我昂扬，使我醉心，使我跟着作者一齐回忆，使我在诗探索中获得不少启发……

我也好像和作者联袂偕游，挺立在黄山迎客松下，跟着他一齐高唱："迎客松为民族

魂，冉冉旭日正东升。"(《黄山歌》)

《梦翰诗词钞》是老友江树峰兄的诗集。它不是新诗，是文言诗词的一个选集。但因为作者能掌握永葆其美妙青春的时代精神，以新内容改造和征服旧形式，使诗词这一棵老树饱绽新花，这样的一个形式便非复旧观了。说它是为旧诗词开拓了新天地固然可以，说它是新形式在民族化方面的一种新尝试，也未尝不可以。纵使这种试探只是开始，但应该说是有益的。

原来文言诗发展到晚清，早就有人发愁了。梁启超认为，诗至于清，"衰弱已极"。南通老诗人范当世更认为宋代诗家已不足道，至于等而下之的后代，就更是："容有数声入清听，何尝一气作殊观"了。尔后，经过五四时代的新诗崛起，文言诗词几乎成为"死而不僵"的"百足之虫"。

然而，文言诗词的寿命果真就此终结了吗？否。随着四凶扫灭后一派拨乱反正的新形势的涌起，双百方针的深入贯彻，在社会主义文艺的百花园中，文言诗词终于以其新精神、新姿态，作为一种老树新花，烂漫葱茏，开遍各地，平添生气。这是中国诗歌史上的新页，也恰恰是《梦翰诗词钞》得以诞生的历史土壤。他这份诗选“极大部分为十一届三中全会以来几年中的作品”。新的伟大的时代需要他歌唱，需要他更好地利用诗词旧形式来表达新内容。一句话，时代给予他以玉成。这正是沈德潜说的：

> 有第一等襟抱，第一等学识，斯有第一等真诗。如太空之中，不着一点；如星宿之海，万源涌出；如土膏既厚，春雷一动，万物发生。

作为生活、思想和艺术的根柢的“土膏”，对树峰说来是深厚的，然而如果没有惊蛰的“春雷”，革命诗情的奔涌也无从说起。树峰的“土膏”本来就是“黑土”。二十年代中、后期，早就参加革命的他的哥哥、烈士江上青同志，不但给他以思想上的熏陶，也给他以文艺的哺育；群彦汪洋的扬州宿儒给他以指点，联袂如云的多才多艺的少年知交加强了切磋；集诗文、绘画、音乐、医学之长于一身的他父亲的家学，更陶冶于无形。因此，他的诗境的丰富、开阔，使读者感到有移步换形之乐。因为他经历过惊心动魄、绚烂多彩的生活，所以他不仅为曾经在“淮滨泗土”抛头颅、洒热血的烈士写下了《招魂曲》，而且也深有体会地描绘了一个在“破寺荒墟”旧址上艰难缔造而成的扬州师院，是如何洋溢着“纷纷桃李飘香砌”的画意诗情。因为他知识面广阔，多才多艺，对中外古今的文学艺术曾广泛涉猎，所以在他笔下闪耀着世界文化瑰宝的五光十色，真正是珠玉纷呈；从米开朗基罗到唐代“三李”，从刻有板桥道情的牙板到归国探亲的鉴真塑像，从承传贺方回而运用得得心应手的《青玉案》词牌到曾经为他用文言诗白话诗翻译过来的雪莱的名著《云雀颂》等选篇。因为他富于感情、富于肝胆，交游广阔，所以在他的诗集中，怀人、投赠之作特别多，显示了感情的真挚和生活海洋的浩淼，完全不同于泛泛应酬之作和孤陋寡闻之篇。而那些最能引起友情眷注的艺术细节,也都是最富于魅力的。在他的笔下,有著名翻译家的"乡音未改",有老教育家的"背影"在"徘徊",有兵荒马乱中一位在"黄冈夜雾"时骑马落水而死的悲剧遭遇,也有两位十馀年前病故的青春知己,在抗战期间同他客中遇合的往事:"当年雪地出城楼,聚首六安州。"这些传神的细节,决不止于标志着作者艺术概括的能力,更重要的是说明他的友情的深厚和浓郁,促进了艺术感受力,从而善于捕捉表面细微、足以引起读者广阔想象的意境,并通过控制自如的气势导致读者领会作者浪浪苍苍的风格,蔚为一种铿锵自然的节奏。

我深知树峰懂得和重视中国古典诗歌的艺术规律;但同时,他决不死守格律或拒绝"引进"。他重视功力和法度,因而他更讲究传神阿堵,手挥五弦。不管是豪迈莽苍的壮美也好,或者是清新俊逸的优美也好,它们都表现了汤显祖所谓的"灵气",也就是说心灵能冲破一切束缚,"上下天地,来去古今","无所不至"(《叙毛丘伯书》)。对他的诗来说,一切律动源于舒卷自如的气势、情怀或壮观之情，引导他去凝注，使他得以洞察入神。对客观事物说来是契合，对形象魅力说来是产生共鸣。这也就是汤显祖所说“灵能入于微眇”了。当然，尽管树峰确已向这一个目标行进，但他的探索还不都是完美的，有一个逐步完善的过程。

对于树峰的气质、风度、生活道路以至于审美情趣，我深信是有所了解的。因此，透过《梦翰诗词钞》中一系列文字符号，我想象到其中丰富的内涵，扑面而来的是他的那种“歌泣无端字字真”（龚自珍语）的淳真，横阔之趣，像出岫的晴云，像排空的飞浪……而更为有趣的内涵则是古人所谓“侧帽垂鞭”的往事。记得一年夏天，我们坐在浓柳垂阴、长栏护水的瘦西湖香影廊茶座中，谈起了他送给我的一首《青玉案》词的上片：

几番飞絮扬州路，但飘逸江南去。
执手绿杨荫下度。危楼人海，风帆沙树，
曾共淞江雨。

从眼前的瘦西湖相聚，想到解放前几年同他往来于扬州镇江之间时的来去匆匆，从金山山门的柳溪漫步到抗战中期不夜城上海的市楼促膝。悲欢离合，真是如同“飞絮”一般，又何止是扬州路上呢？想到这里，感情的琴键不由隐隐颤动了。这便是五二年夏天香影廊重聚时的一段心影：

风月最扬州，劳劳汔小休。眄湖山，香影长留。侧帽垂鞭惊梦杳，高柳噪，晚风遒。　　烽火旧神州，丘山要万牛。剪松江，抵掌危楼。张禄变名曾记否？寸心事，足千秋。（《秦楼令》）

白发盈颠，而况又天各一方，青中年时代的大睨雄谈早成往事了。但这次作序，竟又发为狂言，真的像树峰兄自况的“老去无端化作少年狂”了。但在这“狂”中，我深深体会到一种青春复活的情趣。我感到有一种来自京华的暖流在心头轻轻荡漾……

一九八四年一月十四日下午南京

自　序

我自幼爱好诗歌。十岁左右，在家庭中接受了古典诗歌的教育熏陶。三十岁以前，在抗日战争时期，曾写过一些新诗。四十岁以后，在扬州师院从事外国文学的教学，读了一些翻译的诗，也从英俄文读了一些雪莱、普希金的原著。可是，通过比较逐步明确了对祖国古典诗歌的明显爱好，并进一步希望自己多所琢磨，以期把自己在生活中的感受寄托其中。

从世界比较文学史的角度来考察，中国传统的古典诗词曲，可以说是世界文学中的奇葩。它最言简意赅，使人读后不断回味，感到“言有尽而意无穷”。“诗无达诂”这句话又使人望而却步，它其实包含了中国古诗的魅力，它留给人想象和推敲的余地。而音韵铿锵，易于背诵，难于遗忘。我曾读到英唐安石（一九〇九—一九七一）在《英译中诗金库》一书中的序言，还看到知名的自然科学家对中国古诗的热情颂扬，越加使人感到传统诗词确是我国文化的珍宝。

从篇幅上讲，它比较精炼，不那么唠叨琐碎，重复繁衍。而在章句中，省略了许多不必要的词和字。如动词、介词、系词以及动词、副词、形容词的语尾常被略去，而其义自明。它讲究炼句对仗，充分注意诗歌的音乐性，即音韵、平仄等格律。这一点很像中国画、中国古建筑那样吸引人。是的，它确实看起来较难入门，可是在入门以后，也真的会感到“别有天地非人间”。乡友金石家、词人蔡巨川先生与我为朝夕过从的知友，他曾把他珍藏多年的一副黄慎的对联赠送给扬州博物馆：“别向诗中开世界，要从意外到云霄。”书法以任性狂草出之，堪称为八怪精品。它说出诗在中国文化、风景、美术和生活中的崇高地位。

自序

用传统诗歌的形式写当代中国人的思想感情，是否就不存在一些问题呢？我以为还是有不少问题待探讨克服的。因为，诚如毛泽东主席早就指出的："这种体裁束缚思想，又不易学。"

第一是它不很大众化。有不少人不易爱好它，不易欣赏它。第二也存在内容与形式谋求适应的问题。我以为第一个问题是容易解决的，我目睹许多青年工人争相购买唐诗选的情况，我也知道许多少年在小学语文课上补充诵读唐宋古诗的情况。如此，人们对传统诗歌的爱好和理解会逐步扩大加深。我们也应竭力写得明白易懂，少用典故。第二个问题也是可以克服的。我们要表现一种不同于古人的新的思想感情，歌颂社会主义的雄伟建设，歌颂四化，那当然也得对传统诗歌的形式作适当改造；但是，它的基本特色应予保留，如像我们对国画、中医的态度是一样的。其目的就在于"推陈出新"，亦即用批判地继承的方法来对待，而其原有优美的诗风不能轻易抹去。

我在一九六六年前写过的一些诗词，我的底稿、剪贴本都已不存在，可是慢慢地我还能背诵默写出来。我长期来为高血压病所苦，日常琐事颇易遗忘，而以传统形式写成的诗词却产生这样强烈深刻的印象，真令人乐而忘倦。

我明知我的努力还很不足，我所取得的成绩是微不足道的；所以想收集起来供大家批评者，是我对党的“百花齐放，百家争鸣”的文艺学术政策衷心拥戴的一种具体表现。

几十年来，我一直患失眠与神经衰弱症，近十多年来，高血压与头目眩晕病成了痼疾。说也奇怪，能医治我的疾病的却是传统诗歌的写作与古代名篇的吟咏。我对它有着十分执着的感情。李杜苏辛的名作曾陪着我度过古大明寺的寂静夜晚，仅凭那一点微薄的记忆就能使人有活力和宁静感，它常常在我耳边鸣响，能使我在最低沉时感到前途光明；它鼓舞我对祖国对社会主义对四化充满了无可言宣的激情。“人生七十小儿郎，奔腾四化足欢狂”，我方过古稀，这些篇什只能算是幼稚的“涂鸦”而已。

鲁迅先生对诗歌的卓越看法，我以为颇值得认真思考。在《鲁迅书简》上，他主张要写得顺口，要人便于吟诵。鲁迅所写的诗歌就是我们一份珍贵的文化遗产。“吟咏”这件事，对不少接触古典诗歌较少的人们很陌生，我觉得这与我们民族的共同心理有关系。有一些身居海外多年的侨胞，他们虽是专攻科技的，却能于席间随意吟出古诗词来，他们把这种美学的欣赏与爱祖国的感情紧紧联系在一起。

新诗宜于朗诵，古典诗却要吟咏或称吟哦。能学会吟咏，就能使精神境界提高，而那些浮嚣、浅薄，看似新奇而并无余味的东西就不能引动人了。所以我以为，传统诗歌的吟咏欣赏对民族语言的提炼、民族共同心理的凝固、民族精神文明的净化有帮助，也就是说，对腐朽败坏的文化精神腐蚀，会产生一种免疫力、抵抗力。

朗诵新诗使人精神振奋，激昂慷慨，渴望行动。吟咏古诗使人深沉浑厚，易于使激情带上哲理性，两者可以互相补充。总目的就是要使得我中华民族的共同心理走上更健康的道路，更促进科学技术、文化艺术的繁昌。我的诗反映了伟大时代中一个知识分子的身影和足印，也想对提高我民族文化的自豪感产生微细的推动作用。

收入这个集子的诗词，其前编曾于一九八七年由香港图启有限公司出版，名《梦翰诗词钞》。是年端阳，中华诗词学会成立，写作渐多，两三年间，复积累盈箧，遂略加筛选，汇为一编，是为前编之续。至于书名，一仍其旧，缘有老友夏承焘先生题笺，未忍割爱故。搁笔拈须，不觉莞尔。

一九九〇年七月

梦翰诗词选

历史纪事诗　七绝三首

一

罂雉绮梦成泡影，宰相荆公幻狗头，
那有韩非刀笔吏？鸢肩公子万人羞。

二

忠奸今古泾与渭，诗画琳琅乃得之。
谁令江河都是泪？英灵大地发春枝。

三

新诗丽句唐三李，长调高歌坡放轩。
哲语更新惊李耳，开天辟地史家迁。

注：鸢肩公子指东汉擅权将军梁冀，《后汉书》有传，李贺《荣华乐》诗，即讽其人其事。三李是李白、李贺、李商隐；坡放轩指苏轼、陆游、辛弃疾。此诗作于一九七六年冬。一斥四人帮，二悼周总

理，三颂毛主席。其义甚显。吕雉、武曌是汉吕后，唐武则天之名，荆公即宋王安石。第三首一二四句均将动词省略，即足以阐明文化创新与批判继承文化遗产之关系。一九五七年二月，我有幸得于怀仁堂亲听毛主席的专篇哲学讲演，特别对引用老子语阐发辩证法精微，至今犹念念难忘。"史家迁"指著《史记》的司马迁，各国学者都知道我国有五千年文明史，这是司马迁的功劳。而开创新民主主义、社会主义的新历史篇章是毛主席所写。其"开天辟地"的深远意义应与司马迁相似且定能超过。此四句仅从人文科学上述毛主席的伟大成就，或尚能体现于万一。第二首中形象化了天安门事件的伟大、正义性质。

念奴娇

记中央电视台举办之“话说长江音乐会”

奔腾不歇，几人识雪水冰川源处？横断金沙，犹记得赤帜长征脚步。人齿元谋，乐山雕佛，瞻拜三苏寓。夔门斧劈，倏见葛洲高据。　临风黄鹤楼前，雄风文治迹，词情洪布。洞庭范公名句在，陶令鄱阳千古。六代金陵，瓜州京口渡，少年初旅。吴淞江畔，万里宝山如虎。

注：一九八四年三月二十四日，晚间观音乐会节目，仿东坡古调写成此词，曾刊出于当年六月份《中国广播电视》杂志。

木兰花慢

贺第一届教师节

欣尊师重教，四化业，有人挑。却回首十年，折磨历尽，旧梦都抛。蜂聚街头游勇，臭九魂，似浪荡烟消。今日山河清旺，钻研探讨声高。　　凉风阵阵起燕濠，鸿雁播歌遥。恨行险流氓，黔中遗毒，众指难逃。萨都新词怀古，令我敬，百唱有余娇。遍地繁英正秀，秋花蓬勃城郊。

注：元代萨都剌有《木兰花慢》一词，副题为“彭城怀古”。那是一首对项羽有勇无谋的悲叹调，足以使人深思。此词刊于一九八六年九月三十日《人民政协报》上。

沁园春

一九八六年元旦中国女排战胜世界明星队

巾帼英雄，体坛名将，一战成功。忆百年积弱，袅娜细足；烽烟烈火，炼出飞蓬。郎平气势，幽燕慷慨，攻守设防协调中。举世赞，正神州腾跃，冬雪长虹。　　古巴路易冲锋，总教练欣夸我队隆。望秦同电路，晋煤东驶；内连外引，云港通空。爱国情怀，球场捷报，改革城乡庆大丰。老更喜，赏平林光照，美景无穷。

水龙吟

贺筹组中之中华诗词学会

九州神气风雷，才人代出清新意。征夫千嶂，长烟雁影，边声角起。夜饮临江，大江东去，月明舟济。恰赏心建业。春归风雨，带湖酒，生平志。　　更有渔阳笳鼓，剑吼风，少年侠气。登高怀远，英灵千古，六朝何事？戍马梁州，关河俊绣，雄心未已。正玉山装点，毫端飞动，新诗传世。

注：此词作于一九八六年春节，曾示周一萍、汪普庆、钱小山诸同志求正，后于四月三十日全国政协文化组召开之诗词座谈会上朗诵。座谈会由姜椿芳、魏传统同志主持，中华诗词学会筹备小组的张报、齐光等同志都参加。全诗连用我国古代诗歌中的爱国传统，以其意境来表达对当代诗词繁荣之期待。

念奴娇

重读周总理一九一九年三月东渡时所作七绝诗

大江歌罢，渡瀛岛，真理追求狂热。邃密群科钻格致，救国良方寻觅。面壁十年，躬行文武，马列移中国。英豪期许，古今有几堪匹？　　追念灵柩车度，万人空巷哭，如颓梁壁。阴翳清明风瑟瑟，齐聚天安誓节。云散江天，雷轰燕地，花树蓬蓬发。骚辞重读，如亲光风霁月。

新秋登八达岭放歌　七古

居庸关，八达岭，北门锁钥古驰名，
中心久欲攀登临，惜错机缘苦梦寻。
新秋万里无云片，举家出游尽欢忭，
大道奔腾若雷电，燕山景色时时变，
邻座来自都江堰，更有人谈“星光”片。
长陵雄浑殿柱环，功成应念万夫艰：
金丝楠木藏深山，辗转水陆来滇南。
石马象犀雕镂细，文臣武将真人似。
若问作者为谁何？东方米开朗琪罗。
登上长城烽火楼，忽思秦汉议边筹；
匈奴、鲜卑图牧马，契丹、女真从此下，
奈何磅礴有中华，吞噬之心终粉撒。
城边人述杨家将，戏台史迹映辉光。
万国衣冠来瞻仰，奇迹之中允最强。
细思民族精魂高，攀登惟觉人民豪。
城砖隙缝多血泪，岭关内外战旗摇。

弯弓羽箭昔纷纷，枪炮声声终不闻；
寄语居心叵测者，静观伟景莫轻沦。
当年扶桑武士袍，昏昏南侵从兹道，
粉身碎骨不得归，前车之鉴足可垂。
我今头白顿忘疲，追随老幼登台梯。
登临极目翠色新，妖氛廓去秋容平，
阴阳和矣日月泰，亿万四化奔腾竞。
秦皇之功不可忽，成祖雄图更应勒，
千万俑马咸京出，统一江山万年策。
朱棣建都于燕京，多族融合至于今。
八达岭，八达岭，歌终心曲随山吟；
高低宛转似龙游，巉崖削壁如刀走，
数百里程似若飞，惊心险峻化平夷。
侧隐深谷多人家，炊烟四起飘禾稼。
潺潺涧水涓滴流，汇为水库汪洋泻。
泱泱新邦三十载，诗成奉献乐无涯。
烽火楼高百尺间，秦时明月汉时关。
二千年间如反掌，长城内外起波澜。
波澜壮阔兼天涌，红日东升天地耸；
法西军阀一扫光，天安门前赤帜扬，
林贼四凶同齑粉，人民健步慨而慷。

光辉史迹正斑斑，“不到长城非好汉”。
长城壮丽画工艰，长城之隘连关山，
伟哉！八达岭上从头数，
长城洵我民族昌盛之摇篮。

注：米开朗琪罗为意大利文艺复兴期最著名之雕塑家。此句诗意，即作者虽未传，而其真价自在。唐王昌龄《从军行》四首之一：“秦时明月汉时关，万里长征人未还。但使龙城飞将在，不教胡马度阴山。”“不到长城非好汉”，为毛主席之名诗句，它代表我亿万人民勇猛精进的革命精神。

鉴真塑像还乡行　七古

一九八〇年之春，大江南北道鉴真。
千年僧像还唐城，平山堂殿显精神。
唐季本有塔栖灵，诗人李白曾登临。
题诗昔哭晁衡卿，来此可与鉴真亲？
九层宝塔览四荒，白、刘把臂海云长。
欧阳文章平山堂，大明寺尚旧风光。
荣睿、普照苦求法，其声琅琅绕回廊。
鉴真塑像何难得，弟子思托精诚格。
临终遗容干漆勒，天平文化此其骨。
奈良招提唐文物，千载风雨未幻没。
鉴真塑像还乡土，高僧虽逝灵能舞。
六泛东海尝辛苦，其志弥坚终克渡。
春风十里古唐城，今日扬州更动人。
水闸江都南水北，隋堤湖畔弦歌声。
两国交谊源流古，侵战之灾刻印痕。
光武曾予国王印，此为古史之明征。

经济技术通民魂，鉴真典型励后昆，
郭老碑字奇苍劲，梁老设计功难竟。
更有赵老撰碑文，朴茂典雅深雄印。
中日友好汇巨流，《天平之甍》居船头，
井上先生巨笔椽，恢恢游刃史迹浮。
西园池沼堪禅静，平远楼头看珍品。
欧阳昔日饮千盅，平山栏槛倚晴空，
盛唐三彩曾藏有，石栏雕刻疑宋手。
扬州八怪任欣赏，诗书印画脉流长，
瘿瓢人物冬心梅，板桥兰竹两峰鬼。
漆屏玉雕剪纸张，园中盆景郁苍苍。
个园山石石涛意，何园旁有片山房。
念四桥边气象新，五亭桥影映湖心，
长堤春柳通虹桥，玉人林下舞吹箫。
纪念堂成庆巨功，一砖一瓦俱唐风。
人民友谊两国隆，世代和好不相攻，
大明寺连东大寺，纪念堂与金堂通。
鉴真还乡礼甚崇，故乡故国乘飞鹏，
鄞州、端州、海南岛，鉴真足迹遍海峤；
高僧目眇能传道，直到于今传其好：
豆食制作标唐土，高僧之像药包老。

安藤博士研究早，详究古今搜罗饱。
当年隆重纪念会，碑石奠基风雨扫；
“鉴真精神”振主客，风雨之中行仪式。
大西高龄席间词，森本长老今继之。
画师抱石似犹在，院长孙公遗丰采。
能老东游兴未阑，更欣僧像幸还山，
高僧有知应开颜，平山茶果供评弹。
鉴真还乡探亲故，盛唐文化今能护：
长街唐杏存数株，枝桠冲天傲终古。
社会主义歌大同，邻居亲故学相通。
鉴真还乡意深宏，虚心精进致圆融。
寺边坡上多杉松，春秋花树满山红。
堂前玉兰芍药秀，经霜黄菊衬丹枫。
千年易逝光难去，巨星照耀海西东。

后记：今日平山堂是宋欧阳修任扬州太守时所修筑，在唐为大明寺。此寺系刘宋大明年间所建。隋仁寿年间所修之栖灵塔，唐时甚有名，塔高九层，颇雄伟，李白、刘长卿、白居易、刘禹锡均曾登临，有诗传世。鉴真在大明寺主持佛教戒律经论，名重淮南，几经辛苦，终东渡日本。晁衡原名阿倍仲麻吕，曾仕唐朝，在长安与李白相友善，为中日文化交流之名人。李有哭晁衡卿之诗，当时传沉海，其实未死，辗转返长安后归国。一九六三年秋，在扬州平山堂（大明寺）举行鉴真大和尚逝世一千二百周年纪念会，由赵朴初、周邨、孙蔚民、吕澂等同志主持，笔者曾参加其间。诗中叙风雨奠基情景系亲历实况。傅抱石画师，颇为日本文化代表团所推重，而傅与孙蔚民院长均已作古。大西良庆为东大寺住持，以九十许高龄登山行礼以偿夙愿，席间演说，尤见热情。当时市长钱承芳同志主持宴会襄赞一切，允称融洽。此番森本长老所赠之石灯笼，将永垂人世。能勤法师为今大明寺住持，曾游奈良，今兹盛举，想见欢欣。金冬心、黄瘿瓢、郑板桥、罗两峰为八怪中之影响较大者。“剪纸张”指扬州名工艺师张永寿。

紫禁城赋 七古

唐初四杰卢照邻，《长安古意》令人钦；
骆宾王挥采笔巅，明珠灿灿《帝京篇》。
汉唐胜迹需寻访，明清宫址尚依然。
琉璃黄瓦层层叠，紫禁城墙朱红色，
帝王居此二十四，往昔平民那得入。
六百余年风雨停，举世来观古帝京，
四角龙楼凤展起，夕阳斜照碧波粼。
明帝曾梦一奇楼，楼有七梁十八柱，
七十二脊脊上翘，匠师搔首心焚煮。
相聚茶会愁不通，老翁手提蝈蝈笼，
果然此笼非凡品，神话足见心血功。
众云鲁班化身显，迄今犹见巧玲珑。
午门高大乃正门，祭天祭地常鸣钟，
得胜回朝献俘礼，太庙祭祖鼓叮咚。
金水河亘院东西，五座桥梁白玉围，
太和门内多雄伟，栩栩如生二雄狮，

太和中和保和殿，依次排列威仪现；
栏杆龙凤伴流云，大雨龙头瀑布倾。
太和宝殿最威武，金碧辉煌朱漆柱，
一千三百平方米，九层楼高世莫比，
三层白石栏杆台，此即清晨趋丹陛。
雕花宝座殿中央，蟠龙金柱两边同，
即位、诞辰、大庆典，御道边旁仪仗远；
广廷跪满文武臣，当日曾容九万人。
冕旒龙袍加帝身，管弦齐奏磬钟鸣，
铜炉鼎鹤檀香烬，缭绕氤氲若仙境。
帝王正足显神威，君临下界承天命，
座中因觉位益尊，臣罪当诛奉圣神。
中和宝殿休息地，近臣先拜再登基；
保和宝殿御宴堂，王公大臣赐荣光，
三千学士曾临此，皇帝亲评状元郎。
保和殿后一巨石，雕花刻镂世难得，
玉辇从兹上玉阶，侍从不准踹龙骨。
雕梁画栋乾清宫，帝王家谱置其中，
交泰殿里铜壶漏，玉玺珍藏玻柜蒙。
坤宁宫为古洞房，康熙诸帝新婚床，

东边六宫艺术馆，青铜文物留人详。
西边六宫存旧貌，珍宝玉石豪华照。
嫔妃宫女足三千，三千宫女胭脂面，
春去秋来年复年，几人博得君王怜？
养心殿内两宝座，宝座之间黄帘隔，
慈禧听政擅权谋，同治光绪孩童日，
农民起义遭镇压，辱国丧权上谕达，
辛亥革命翻王朝，逊位诏书此殿发。
贞顺门内珍妃井，苍颜太监能回省：
只因支助变法新，打入冷宫长闭禁；
八国联军攻进京，慈禧诳云同入井，
死时年仅二十三，叩头哀求不得允。
砰然坠井如昨日，百年记忆心头沸，
心头沸热众欢呼，何容历史绊脚石。
御花园中堆秀山，皇族登高重九间，
千秋、万春亭对峙，园林工巧足登攀。
钦安殿是明朝建，雕栏玉砌画工难。
二十年前溥仪来，特赦以后心灵开，
为写回忆深感慨，衰败荒凉不复哉！
散失文物再罗要，床幔桌围依样照，

宋代清明上河图，希世奇珍重出道。
更有国宝游春图，《熙载夜宴》万人盱。
金银瓷器采陶坛，雕漆精工景泰蓝。
帝妃裳冕悬壁间，天阴昏雨不堪看。
帝王专制久已矣，封建余波尚漾环。
永乐、康熙早化鹤，十亿盘桓恣欢乐。
人民勋业动人思，易水燕山歌错落。

黄山歌　古风

壮年豪兴游庐山，大江茫茫去不还；
今应乘兴游黄山，黄山奇景足可攀。
温泉附近有客栈，恩来总理曾下榻，
青弋江上飞竹筏，军长叶挺议兵法。
陈总重作黄山游，岩寺古镇忆春秋。
捧起丰乐河边水，东进歌声耳边浮。
唐代《周书异记》中，黄帝炼丹神话空：
宝冠珠履乘飞龙，携带容城浮丘公。
侍从攀龙未升高，龙须堕地化为草。
明皇乐仙迷于道，黄山仙都峰名巧。
温处士怀李白风，丹崖、菡萏、金芙蓉，
恋恋仙人羽化踪，相访乘桥蹑彩虹。
诗人宣城南陵间，诗赠胡公求白鹇。
鸣弦泉崖横巨石，饮酒吟诗有题刻。
霞客曾临文殊院，天都、莲花俱可挈。
唐代天竺来高僧，翠微建寺历艰辛。
明代普门功应宣，中峰修建文殊院；

趺坐之台今尚在，波涛荡漾如云海。
天都峰头猿难登，普门第一上云层。
春到黄山何处先？盎然春色首温泉。
温泉宾馆翠峰绕，桃花溪畔春风闹。
腊梅方谢樱桃红，望春花又作装扮。
梨花朵朵簇簇显，桃花片片醉红脸。
杜鹃花性喜成群，紫舞红翻艳如锦。
桃花峰腰新建亭，霞披红雨清溪馨。
文殊院前景色新，伟幻险奇无与并；
后山狮子林更幽，仙雅艳香此莫俦。
清凉台上赏石笋，散花坞边集珍禽。
兰草绣球杜鹃花，林石参差蜂蝶引。
杜鹃灿烂延盛夏，蕾多花繁林木下；
玉兰翩翩如白鹤，高人羽士素相夸；
玉兰杜鹃争逐放，深红浅白拂云霞。
黄眉、绿豆、绶带鸟，委婉歌声时缭绕，
八音鸟是大琴师，司晨对歌不能离。
立足玉屏峰，却遇迎客松。
一线天，蓬莱岛；迎客松，黄山宝；
萍踪四海都称道，破石苍苍雄姿娇。
好客殷勤势若仙，和风霜雪不知年。
峰是云家，云是峰衣；

澜翻絮涌，铺海千里；
玉屏楼暖，天上酒馆；
百部飞泉，万道山壑；
银涛滚滚，金声铎铎。
何年白日乘鸾鹤，踏碎天都峰上云？
今日天都依旧险，登山石级如梯绳。
云雾枝头飘舞过，松涛呼啸旅魂惊；
仙人度海堪足比，尚有百步之云梯。
鳌鱼峰，横天海，万松林，光明顶；
遥看仙桃九龙峰，画家之笔影师工，
条条光柱若飞龙。
仙桃峰上，凭栏远望；
深不可测，何止万丈！
峰峦峥嵘，森如利剑；
西海云霞，倏忽万变；
北海宾馆，近似高天。
猴子观海狮子林，八仙过海临仙境，
仙女弹琴奏清音，清凉台上观日出，
群峰染红青松赤，始信峰头奇险绝，
深感可望不可及，仅有猿猴敢出没。
紫云朱砂两峰间，古称人瀑飞两泉，

观瀑楼树半山边，削壁顶流两龙源，
溅珠吐玉声潺湲。
新安画派声名大，渐江、石涛都陶冶。
弘仁长居黄山峰，梦中三山六芙蓉。
摹写黄山六十幅，黄海松石蓬莱逢。
影师镜头谈何易，呕心沥血更称奇。
黄山精制毛峰茶，清心香气似白兰；
形如雀舌多白毫，品之醇厚味回甘；
更有祁红与屯绿，山水之精蕴茶谷。
龙尾歙砚早驰名，后主蔡襄先后珍，
徽州之墨黑胜漆，绝顶松烟浓郁闻。
黄山之歌写长卷，天都雄姿观不厌。
迎客松为民族魂，冉冉旭日正东升。
云海大千思幻漫，天池波碧出人间。
苍松郁郁森岩壁，云彩迷离鲫鱼背。
恬静素洁玉屏峰，遒劲苍苍松卧龙。
晓雾初开仙岛静，峰峦叠嶂月当空。
五千年古国文明古，黄山奇秀神州舞。
葱茏佳气四时睹，豪情逸兴朝朝鼓。
李白比为金木槿，郭老誉为最奇景。
五洲游屐任徜徉，诗篇画幅万轴不嫌长！

秋游白云观，以七绝多首记之

一

白云深处通幽境，名观丛林有洞天，
本土宗师奉老子，虚无恬淡乐延年。

二

一世豪雄成吉斯，尊崇道术诏书拟。
真人发愿雪山渡，那顾艰辛陷马蹄。

三

全真之意在清修，寡欲清心为上游。
不嗜杀人行天下，此言今日更悠悠。

四

重阳弟子丘长春，元史斑斑可考行。
唐刻老君遗像在，中华历劫古文明。

五

云集山房后院中，小蓬莱景倍葱茏。
回廊仙馆成荫树，中有幽人楼曲红。

六

万古长春松雪书，观星望气古仙居。
道藏完整今无缺，瘿钵题诗清帝疏。

七

角檐斗拱费神功，守一罗公塔永崇。
更有阴符经石刻，爱民如子敬天宏。

八

吴道子画龙吟啸，徐渭文长精品留。
文物千年无价宝，道人研诵学江流。

注：时在一九八四年十月二十六日，同游者为华南师院教授黄明慧和夫人陈秀凡，北京市政协委员杨纤如兄。

临江仙

一九七九年春节后返故乡，寓于扬师院湖滨小楼中。

风雨沙尘如梦里，归来已是天明。花光柳色倍相亲：瘦西湖畔路，招手劝人行。
何处高峰期可仰？此身永志难泯。窗明几净好弹琴。书城方筑就，画笔惜分阴。

浣溪沙

梅雨瘦西湖

梅雨西湖别样装，濛濛山水米家方，红亭一角想前行。　　促膝倾心情气豁，人生七十小儿郎，奔腾四化足欢狂。

后记："米家方"指宋米芾的山水画风，"红亭"指扬师院东南角滨湖小亭，孙蔚民老曾题名为红透亭。寓湖滨小楼近半载，得黄应韶、王善一、蒋逸雪、谭佛雏、赵继武、章石承、李廷先、许仲苌、王桐、曾华鹏、秦子卿、周而琨、诸燮清、薛龙宝诸同志时相过从，市政协老友骆众亲、杨克久及丁家桐、戴润生夫妇时来过访，爰有促膝倾心之乐，乃信笔填此阕。时在一九七九年初夏。

桂枝香

贺扬州师院建校十周年

层楼纵目：据古阜平冈，丛林幽绿。正是倚虹旧址，冶春诗局。垂杨飘拂亭红透，望板桥，西园水曲。塔高云抹，山堂耸秀，瘦湖如束。　　念往昔黎光始旭，恰破寺荒墟，荆榛难劚。十载辛勤匪易，树人培木。纷纷桃李飘香砌，共钟声，夕吟霄读。猛然回首：黉舍巍峨，紫枫黄菊。

注：叙扬州师院附近风景，可参看清李斗撰《扬州画舫录》。倚虹园遗题名碑石一方，今存于小金山。冶春诗社是清初王渔洋所主持。另朱彝尊、刘熙载、吴锡麒亦尝写散曲以绘红桥附近风光，凡此俱足以见此地之文化渊源。

摸鱼儿

初夏风雨之日

谁曾见暮春飞絮？惟见枝头风雨。游金陵，大桥飞渡，梦里江南烟树。花易去，香初透，生涯跌宕情难赋，念息踵真人，家书心切，何处寻江渚。　　少年友，拼发光丝几缕，回头笔忆今古。霭云黯淡天边舞，倏忽骄阳盛暑。人无数，心正远，秋空清冽新征路。恬静能呼，别乱想狂歌，沉思庄重，译事窗前驻。

注：《庄子》内篇《大宗师》中云：“古之真人，其寝不梦，其觉无忧，其食不甘，其息深深。真人之息以踵，众人之息以喉。”可见《黄帝内经》上所说：“恬淡虚无，真气从之，精神内守，病安从来？”这些话其来有自。我国人民二千数百年前即知道用气功运动疗疾健身。其时正心境焦躁，尝研读《审判的幻影》这一首拜伦的神话诗，需要诚思庄重，诚所谓“学然后知不足”。作于一九七九年初夏。

长亭怨慢

香山曹雪芹纪念馆开放

香山畔，红楼梦渡。处士衡门，今逢胜聚。黛玉临笺，秋窗风雨诗词暮。深忧孤愤，盱旷代，谁同叙？雪夕更霜晨，独幽悄，知音何处。　　柳舞。想才高风亮，徒使苍鹰遭妬。曹郎逝也，遗中土，千秋宝著。细寻思：蓬牖绳床，视红尘，荣华粪土。拥卷帙吟哦，如与骚人倾吐。

莺啼序

国务院定扬州为历史文化名城之一，此词曾书赠扬州市政协。

春寒展视前尘，苍然银杏树。鹤来寺，文选楼边，花事满墙何处？古巷曲，文昌四望，五亭桥上平山暮。念长堤春柳，寄情漫随飞絮。　　炀帝行宫，运河功伟，乘龙舟游扈。想昔时，人去迷楼，萤苑惟余台础。继唐兴，繁华十里；远名扬，鉴真东渡。蜀冈寺，招提辉映，淮南江渚。　　东城宋季，普哈门丁，伊斯兰寄旅。几曾见？河滨古建，拱顶天方；碑石铭文，历经风雨。马可波罗，三年刺史，东方闻见西人注。摇短橹，怀古瓜州渡。垂柳依稀，西园曲水回环，念四桥头尘土。

西湖瘦细，白塔巍峨，咏欧公名赋。数园林：白石黄山，悬空复道；春草池塘，钓台烟雾。祠堂梅岭，遗书诀别，长虹光照衣冠墓。最相思，汉漆初凝贮。板桥八怪遗风，旧曲重弹，天宁砧杵。

注：此词曾刊出于上海《枫林诗词》第二辑，于一九八五年春曾于平山堂持赠给扬州市诸位领导。

沉醉东风　散曲

江都水利枢纽工程赞

霓虹桥运河高跨，万福闸明珠佩挂；枢纽镇龙宫，江淮都听话。赢得了棉稻油瓜，沉醉东风千万家，全记得党恩情大。

注：此曲曾刊出于一九六四年春的《雨花》上。我青少年时期常于江都运河运盐河两岸，见到龙王庙甚多，盖昔年水患频仍，灾荒不断之故。

悼陈同生部长　七律

江海情深失故交，音书寄到畅今朝。
鸡鸣风雨文为电，虎穴纵横辞似刀。
魑魅阴奸沉梦浊，忠魂昭雪比天高。
平山梅岭匆匆过，何日重逢路尚迢。

注："江海情深"指在一九四一年初，新四军方东进通如一带，同生同志当时任政治部主任，经他推荐让我来主持《江海报》前身《东南晨报》的工作。三四句一联，指同生同志与范长江同志在桂林领导青年记者协会及《东进序曲》中的历史真实。陈同生同志生前为中共上海市委统战部长，上海市政协副主席，上医第一书记。此诗作于一九七八年骨灰安放仪式通知接到后，曾用宣纸书写寄张逸城同志留念。

呈季方老　七律

早岁追随江海滨，重逢白下见旗旌。
欣承白石甘泉路，喜上山堂图志文。
协政京华耄益健，迎春扬子笔弥新。
燕山朝夕诗何限？秋色黄花颂晚晴。

注：扬州市政协在解放后初设于甘泉路一园林中，《平山堂图志》为清代木板刻印的图文并茂的善本书。诗作于一九八〇年。

沪京车中成七律一首，书赠汪道涵市长

身轻何物胜于烟，碧水清风行钓船。
尘世常逢歧路驿，晨林喜遇健康仙。
叮咛心马宜行远，素问歧黄当药煎。
昼夜腾骧孙应笑，亭松古道忆年年。

注：《列子》上有“大道以歧路亡羊，学者以多方伤身。”自责半生驳杂不纯，愧无所成。《素问》是《内经》的重要组成部分，而《内经》是秦汉时人假托轩辕黄帝与歧伯的问答，诗意即多读《内经》，可以治病。亭松古道指瘦西湖畔高阜平冈中的景色，兼喻友人古道可风。

一九四四年执教沪上，寄赠通州师范顾怡生老伯 七律

何缘曾得名黉住？海堧飘篷四度秋。
曾向城南温旧梦，忍看海市幻蜃楼。
夜明歌肆行狐狗，日晦田荒作马牛。
欲向苍天搔首问：风风雨雨几时休。

注：写此诗时，避居沪上，环境险恶，追念旧游，不能自抑。顾老伯为教育家，《教育大辞书》上有传，是中国最初的师范毕业生，且毕生在母校执教，其诗浑厚多情。他有一诗，是写给民元兄的，我曾用毛笔书写悬于民元兄案后，至今犹能背诵："一车南去急如飞，老泪无端忽沾衣。转念还为天下哭，课耕未觉此心违。仰观江海知容量，俯揽风云傥忘归。行箧有书还勤读，要儿收拾敛光辉。"

寄赠扬师院中文系蒋逸雪、谭佛雏教授　五律

邗上金山秀，梅花桥畔香。
乾嘉风骨在，唐宋赋诗长。
古散知功力，铭文镌道旁。
何当治尊酒，共泛昆池央。

注：曾读蒋逸老有清代朴学风的考证文章及佛雏同志对老友书法家孙龙父所撰之碑记铭文。此诗作于一九七九年夏返京寓之时。

寄赠江苏省文联主席李进(夏阳) 七绝

华章读罢春归去,回首金陵潮正长。
淮水东边古明月,照人诗思赖商量。

后记:华章指李进主席在南艺特刊上写的纪念刘海粟先生的论文。“回首金陵”指事较多,如一九六三年左右,在贯彻“文艺十条”,即贯彻双百方针时,曾多次在一道开会,特别是有一次省政协的文艺小组,邀我主持,并与钱松嵒、范烟桥诸老一道畅谈,俞剑华(中国绘画史作者)老教授曾赠我一幅画,上题:“江上有树,树外有峰,名中有画,人在画中。”李尝惠我红梅条幅,上题诗,钤“老年学画”章。

一九七九年元宵节与南京师院吴调公兄欢叙于白下 七律

少年握手大江边，壮岁淞滨听雨檐。
儿女青红酸苦并，友朋肝胆酒诗兼。
谁期旧识成新烈，怒向妖魔写悼笺。
十载苍茫萧瑟里，江南春早涌青毡。

注：调公兄过去与我赠答诗作甚多，今已荡然；惟有一二绝句，曾经大笔挥写裱为立轴悬诸书斋者，至今犹时在记忆之中：“青红儿女迫中年，转眼风云幻大千，此亦清凉藏世法？雄心收拾老青毡。”“虚舟叔世横沧海，风雨鸡鸣待故交。侧眼饱看鹰隼路，乱山秋冷一枝巢。”此诗系吴兄于一九四六、一九四七年所作，当时我在省扬中、扬州美汉中学执教，它是我们之间患难之交的象征。

祝江轸光老画家八十之寿并赠扬州国画院李亚如院长 七绝二首

一

宾馆高悬迎客松，山涛明秀寿江翁。
当年采笔新扬画，十里长街点抹红。

注：江轸光同志曾任镇江师范、扬州中学美术老师多年，于培育美术人才甚有贡献。曾任扬州国画院院长，市文联副主席。哲嗣江涛在伦敦大学教授天文学，兼爱尔兰天文台台长，曾根据中国史书探讨彗星规律。江山、江明亦致力于物理、化学的研究。“黄山迎客松”久悬于梅岭西园。尝为市政协作“春风十里新扬州”横幅画。一九八六年有书画集出版。

二

扬州八怪有遗珠，诗画书章融一炉；
善学前人题绝唱，任情挥洒出新图。

注:李亚如同志所作人物山水画,绕有新意,题诗飘逸,书法亦直追前贤。画院建于昔日绿杨邨对岸。画院不仅团结老年画家,且致力培养新人。必使此金农、罗聘、黄慎、郑燮、高翔、李鱓、李方膺、汪士慎、边寿民等八怪画家二百年前朝夕诗画之处,重振遗风,开创新境,斯为预祝。

赠泽民侄　七律

回首云山路几重，东圈门内忆游踪。
秋斋箧壁飘香砌，春气英纶传泗洪。
萦念西湖寻梦厚，微吟北海乐琴功。
溪涛画幅铜羌管，祝尔恒康道不穷。

注：抗日之初，余随先兄上青、好友陈素组成抗日宣传队离家时，泽民方在小学接近毕业。旧居本在扬城东圈门内，斋中悬佘小池隶书联："秋水掬来双手月，青山行过半身花。"其中书箧叠为屏壁。一九七九年秋，泽民侄与兰嫂等在平山堂举行先兄江上青烈士牺牲四十周年家祭。先君石溪公擅山水、箫笛诸艺，应祝福家人为国效力也。

廿四桥边访旧歌　七古

廿四桥，廿四桥，幼年曾见园“吹箫”。
“邗江风月”牌楼处，明末遗迹堕烟雾。
今日桥边多野花，新屋栉比新人家，
中有一家徐金谷，昔年劳动情谊赊，
徐老虽去老伴在，见我念旧泪滂沱。
忆昔茶园养猪场，风雨寒暑甘辛尝：
锯树劈枝作柴火，刀切山芋南瓜忙；
猪食锅膛须架空，架空通气火才旺；
打扫猪圈非容易，细心努力方能济。
一夕徐老归家去，半夜猪奔出圈里，
手拿电筒我狂奔，土山高下谁能计，
终将猪仔赶回窝，用功锁好始成睡。
徐老谆谆足我师，认真负责诚心地。
小兔成家幸有房，三呆驾驶终谨细。
我归岁岁仍来往，闻患胃癌终不起。
我亦挥泪想从前，徐老徐老今何边？

猪食锅膛煨菜粥，雪深喝粥乐连连。
我妻问我何习惯，能以怡情甘粥饭？
熏天臭气好肥液，无臭那来香茶叶。
悟通此理更安居，徐老朝夕歙相处。
我今永感党之恩，徐老为师终古路。
西华门边住经年，桃园茶园路连绵。
风雨雪下泥途滑，星月西风吹白发。
此番欣见新鸡场，建设更生不断长，
平山泥土多带香，挥汗挥泪不相忘？

赠许幸之老教授　七律

一九八〇年春分前一日，往南河沿北京市政协礼堂听乡友耿鉴庭兄作有关鉴真大师之学术报告，喜与许幸之学长相值，随访其寓所。招待晚餐，并蒙世兄送我至电车站，夜不成眠，成诗一律。

铁蹄歌女逃荒者，更有春光卖血人。
故国重逢捻白雪，江乡烧饼溯青灯。
几番画笔凝心血，满幅长诗摅挚情。
花径蓬门莼味永，风光市井接春分。

注：《铁蹄下的歌女》是许老导演的进步电影，《逃荒者》是许老在三十年代所绘的一幅动人的油画。《春光》杂志上曾刊出许老一首长篇叙事诗《卖血的人》。我弟兄常与许老在陈君涵、君冶昆仲之家相叙，并尝到陈老伯所手制之徽饼。五六两句述许老在不久前发表于《文汇报》上油画《周总理》及纪念他的长诗。

贺罗青兄返京工作 七绝

矍铄高龄邦国珍，重逢细数广陵春。
豪情风雨钟山路，陟上崇文十六层。

后记：罗青同志为吾乡早年参加革命之前辈，解放后任中央财政金融学院院长。后因故论贬下放中山陵园。一九七九年平反后来京工作，任北京市政协副主席，寓于崇文门新建大厦十六层上，年已逾八十，尚健步健谈如昔，洵可敬也。

怀念少年同窗陈素（德铭）并柬德钧、友三两位同志　七律

我与寿慈沿江走，君偕天敏内山行。
团风鱼美思苏子，夜雾黄冈沉屈平。
执手友三如再世，欣逢钧弟富才情。
高秋湖上黄花祭，桐院春深抗日亭。

后记：武汉沦陷前夕，好友陈素在黄冈夜雾中骑马落水逝世。曾任安徽博物馆副馆长的李天敏同志与之偕行，因寻宿地，于深夜大雾中散失牺牲。《中国农村》上曾刊拙文《鄂东战地工作》记当时情景。一九七九年秋，为先兄上青烈士逝世四十周年作家祭，陈素烈士遗像与之并列，友三同志夫妇亦参加。友三同志能研究无线电技术，而德钧同志任无锡轻工业学院党委书记。扬城谢家巷旧居中有梧桐小屋，实为陈素与上青两位创办抗日周刊的发源地，亦即后来在大别山工作之江都救亡工作团之发源地。古城抗日烽火实与他从东瀛归来的思想火花相关。

一九三九年初自广西龙州寄皖东上青兄　七律

塔影山光浠水城，征程黎曙失机声。
南关小憩羞清恙，淮北军行走健人。
党锢少年追往事，江湖写读惜余春。
壮怀三十曾稍歇，梦里西窗话到明。

后记：此诗曾刊出于一九四〇年香港出版的《宇宙风》上，附在一篇散文里，题为《勇士去了》。浠水是湖北东部一个县城，风景秀丽，为著名文学家民主战士闻一多之故乡。弟兄分别后，即未尝见面，竟成永诀。我曾得复函，中有“弟诗大有进步”。牺牲时不足三十岁。随信附答诗见本书《满江红》注中。“党锢”这词出自东汉史实，此是借用。在浠水分别时的山水风光，可与本书《青玉案》词首句：“腾腾晓雾秋山去，竟一别难重聚”为互相印证。

鼓盆之歌 七古

纪念老伴扬州汶河小学主任胡齐德逝世

五十年前似梦游，洞箫横笛晚来收。
颐园佳座拈须后，蓬梗飘零不自由。
重逢宛似初相识，巢林真若住仙鸠。
一朝深夜惊雷霆，手抚孩提独自愁。
生死久经置度外，铁蹄刀下命悬钩。
桥西花墅诗情在，奉母十年心稍泰。
子女书数未烦神，唯知伏案还书债。
君能演戏“书中有”，只因潜移默化盖。
毕生秉性未能改，严细刚强喜怒态.
读书看报图消遣，谓我反被书本害。
小住京华已八春，孙男孙女渐成人。
儿耽教学忙家务，媳画龙蛇笔作文。
婿入真空勤技艺，女飞万里涉洋门。
津以指细勤工俭，阳诵新诗邀我询。
陆海名出滕王阁，江天书画祖风存。
楼前绿化新天地，宛似花园胜旧居。

无奈十载陈梦恶，折腾磨损祟身虚。
如鬼隐隐胸腹痛，是鬼几送国丘墟。
常谈我辈若蝼蚁，心胸宽阔魔自诛。
得失愧悔神耗去，不若放眼度江湖。
月来腰病多灾挫，中秋节近阳光发。
青年湖畔又遨游，顽健如恒方出筐。
名医名院何幸遇，科技之功可生筏。
人生百岁如弹丸，庄周鼓盆称狂达。
愁肠百转愁能解，五亭山堂云如海。
中午小憩绿窗中，窗外松柏绿蒙蒙。
何期露从今夜白，病榻一去不复宿。
金婚早祝成语谶，七十佳辰永记存。
萧萧江水闻呜咽，瑟瑟秋风悲梦幻。
灯明长夜不能眠，睹物思人何曾惯。
毕生毓贤唐杏畔，楼前仙照玻璃板。
哀痛无已伤肺肝，放眼常看新生松。
洪炉大化有无中，生命之树常青红。

注：贾谊《鹏鸟赋》："天地为炉兮，造化为工；阴阳为炭兮，万物为铜。合散消息兮，安有常则？千变万化兮，未始有极。"诗结句化用其意。

挽王者兰嫂　五律

春水绿杨红，青兄葬泗洪。
遗孤欣构厦，向日见心忠。
病榻曾轻别，秋云赴鹤踪。
还期蓬莱会，吟咏步诗工。

注：杜甫《北征》有“构厦岂云缺”句。

赠杨纤如兄　七绝

人大斋亭初识荆，当年艺大偕兄吟。
密书灾讯瞒先父，五十年间大地青。

［附］和诗

回首当年路满荆，高歌慨慷不低吟。
外扬内秀连昆玉，觌面移情怀上青。

悼念老大嫂吴月卿 五律

闻道江城讯，何堪午夜惊。
鬐龄思护理，壮岁累艰辛。
街路翘行列，中秋赠饼情。
白头京里聚，儿女共沾巾。

注：老大嫂吴月卿病逝扬州，成诗悼念，泽民整裱后悬于案旁。

地坛蔷薇盛开　七古

一九八三年初夏，因念扬城旌忠旧居，爰赋长句。

地坛蔷薇烂漫开，使我忽忆旧青苔。
小园桐榆叶落静，芭蕉肥阔影徘徊。
一朝狂飚美景摧，满墙红艳顿成灰。
忆昔书斋窗几净，室中书画吟啸大。
勤翻史册不知嬉，那计斗筲计算多。
知识本自劳动始，萧萧明士出山阿。
百年倏逝当如何，指路明灯应作歌。
幽州今岁多梅雨，我患宿疾甘辛苦。
江边农妇割麦忙，江城画里柔丝舞。
泗洪碑碣将勒成，嗣裔辛勤走征路。
梦中不觉遇先兄，客座谈诗逢陈素。
天天路过牡丹园，刘禹锡诗刻门堵。

呈赠费孝通教授　七绝

何从华夏显精神？枫动吴江叶更春。
报国忠心无限美，夕阳箫鼓满英伦。

注：在一九八二年间，《中国日报》上曾刊出一篇专访文章，题为《两位教授体现了中国精神》，指费孝通与钱伟长两教授。东坡词："枫落吴江冷。"今变其意而用之。

怀念陈中凡老教授　五古

于《中央盟讯》上读到南大陈老逝世之讯，不胜悽怆，率成古诗一首。

忆昔天王府，岁岁常相聚。
请益得良师，偕行访明辅。
更或运河堤，复寻江畔路。
观剧恣谈心，议论纵今古：
况有月旦评，文人每轻许。
是以信念坚，得以险浪度。
一旦乌云蔽，风波顿失据。
宁扬咫尺间，仿佛隔重宇。
前岁金陵游，握手尚欢叙。
比闻仙去矣，泪落何从数。
荡荡庆明时，恢恢尚可取。
执笔索杜诗，梦中席勒剧。
忘却白雪丝，顽躯犹骋鼓。

后记：陈老为人，平易热情，遇我至厚。常一道观剧，尝在宝应、扬州、泰州等地一道观淮剧、扬剧，在南京观锡剧，每观剧必邀我同座谈议。曾一同观看席勒《阴谋与爱情》宽幕电影，他于看戏前，尚有“备课”之举，他从旧藏本间久雄著、沈端先（夏衍）译的《欧洲文艺思潮论》中知道剧情大概，当时已是高龄，其用功之勤，殊令人钦佩。在文革后期，我有一首词，是赠陈老和范存忠老教授的。“梦中岁岁天王府，是学习重逢处。更有运堤江畔路：田头望稻，台边观剧，几处寻诗句。　一从风雨瓜州渡，南岸钟山罕涉步。仰慕深情时欲诉：春光坦荡，鸡鸣玄武，赏此朝同暮。”（青玉案）此词作于一九八二年。

赠浙江美院莫璞副院长　七律

逝水韶光一瞬遇，青丝变去百丝多。
几多画笔成春意，举世关山待网罗。
回首云天无限境，重逢京国别情何？
相思寄语宽胸臆，我亦顽躯待药磨。

注：莫璞同志于一九三七年冬参加先兄上青与陈素所组成之工作团，一路由家乡横穿皖中平原，大别山一带从事宣传工作。回忆当年，我常作通俗的故事诗，由他作连环画。他所作大幅壁画，尤有气魄。

挽陈达祚学兄　七古

微波噩耗来江干，元霄不到晓星残。
平生握手出肺肝，滑稽笑语行路难。
妖氛虽廓毒待扫，方期文博可终老。
谁知林啸未终篇，广陵散奏稽康倒。
我闻广庭集众宾，兄读芜词颂鉴真，
我虽未在如聆音，诗声可达北京城。
红学文章未拜读，小亭轩阁无人续，
玲珑山馆怪石存，不知何处觅君魂。
德铭寿慈泉下遇，为我问候同青春；
虹桥香影游难继，南望江乡倍怆神。
狩猎图高堪寄性，来书竟作诀离文。
念君致力于史学，乡邦文献尤所乐，
普哈丁墓助阐扬，古杏考经千度霜。
唐城几度费参详，曾陪井上游欣赏。
铁佛寺寻杨行密，荒唐炀帝看雷塘，
孜孜不倦考古忙，汉唐砖石伴瓦当。

念君辛勤能教学，尤严督责促自觉。
忆昔好酒性粗豪，出言爽直或莽撞。
谦谦君子迷所知，处家小节亦有痴，
未能豁达雍熙熙。
热血冲上面全赤，过细周详欠酌之。
亦闻吐语容有失，不喜探理只快思。
讵料一别成永诀，何日柳堤同步归。
燕山飞雪大如斗，竟夜朔风呼哭吼，
我卧床中不得眠，期君魂来好话旧。
浮生若梦不必言，梦破无痕那可究。
城边梅岭小轩窗，八怪遗风劳阐扬，
今日倘徉瀛岛路，重寻鸥鹭少年觞。
栖霞纱帽峰头照，天寺楼头思渺茫。

注：陈达祚兄曾任扬州师范学校副校长，扬州市博物馆副馆长，江苏省政协委员。

青玉案

张爱萍部长于一九八二年尝应泽民侄之请，亲书"江上青同志之墓"，感奋赋此。

腾腾晓雾秋山去，竟一别难重聚。梦魂几绕蕉窗叙：街头宣讲，广场歌剧，星月何从数。　　碑铭已勒洪湖渡，英烈江淮生死处，翠柏丹枫千万句：青阳春早，广陵梅吐，嘱我行兄路。

满江红

悼先兄江上青烈士。一九七九年八月二十九日为江上青烈士在皖东北萧湾牺牲四十周年，读刘瑞龙、刘玉柱、杨纯同志写的纪念文章，凄然赋此。

日月经行，周四十，天翻地覆。重记取：淮滨泗土，血流人哭；几个书生循党路，万千群众挥旗纛。到而今，旧识忆兄多，苍松柏。

秋风起，招魂曲；想逝水，遗诗读。正绿杨湖碧，平山黄菊。四化兢兢齐发愤，专心科技精研笃。勗新生，窗月正堪歌，歌殇国。

注：先兄上青同志于殉国前在收到我赠诗后，曾有诗寄我："过隙光阴逝白驹，十年患难早相扶。雄心拼付三期战，别绪全凭一雁书。春水绿杨思故里，秋山红叶走征途。天涯兄弟成劳燕，互问风尘老病无。"他有新诗亲笔遗稿《前进曲》，旧诗我未见遗稿，此诗系从记忆中补写出来。《国殇》，屈原九歌之一，意即歌颂为国捐躯的英雄。

青玉案

记甲子国庆，书赠周一萍政委请正。

十亿神州都鼓舞，更举世、欢腾度。龙凤彩车云箭去。卫星传播，雄鹰飞越，文体金杯聚。　邻邦友好观台处，竟夜歌声绕碧树。回首千山冰雪雨。秋空明净，和风拂面，星亮花香路。

[附]泽民《浣溪沙·记国庆盛况》

昼夜欢腾沸广场，红旗抛物气昂昂，开屏孔雀上云堂。　屋脊银屏欣聚会，中华儿女共欢狂，革新电子要先行。

水调歌头

丙寅春分,诗人、音乐家汪普庆患病住院,赋词慰问。

转眼春分到,草地尚枯光。惟有枝头柳色,点点始鹅黄。大雅春风微细,飞上楼台殿阁,於菟偶苍茫。壁上山川画,书橱翰墨香。

怀江苏,忆白下,水流长。努力诗词学会,歌笑诗音喜醉芳。老迈渐知尘雾,静看远山近水,无用太奔忙。散步浑元气,随心任意行。

少年游

赠常州钱小山同志

年年白下喜相逢，入座论从容。江南词客，新年丽句，曾赋海天红。　雨丝过后晴光好，大地正东风。园吐梅花，窗窥柳线，伴我到春浓。

注：一九六二年，我与小山同志同学习于天王府花园，他写了和词，同刊于《雨花》。

青玉案

一九七八年书赠扬州师范学院成克坚、孙达伍同志

平生最爱西湖路，常梦里杨花去。塔影山光曾共度，回廊绣径，层楼书库，合是余年处。　燕京疗疾岂云暮？绕膝谈诗孙问句，不觉风光春已许；牛津雀颂，江城飞絮，正应虹桥雨。

注：粉碎“四人帮”后，即在北大借出牛津版《雪莱诗歌全集》，乘间从事于雪莱诗的选译，曾将《云雀颂》寄校中。后将译诗多首打印成一册中英对照的参考资料。

少年游

悼诗人吴天石、李敬仪夫妇

金陵聚语，灯前儿女，煮酒意如花。烟尘荡漾，盼不到还家。　江边慷慨思明月，茅屋夜深茶。生前诗侣词笺厚。雨花伴，石城斜。

注：吴天石同志为抗日前新知出版的《写作与阅读》杂志老友，每相逢必谈诗词，忆旧雨，嘱儿女将作业捧出。天石同志尝著《中国古人的治学方法》一书，竟以此获咎，于一九六六年风雨初起时，夫妇均遭折磨病死。我们均与南通顾民元同志甚契。生前吴为江苏省教育厅长，李为南京师院副书记。此词作于一九七八年南京举行吴天石同志追悼会时。

沁园春

一九七九年书赠杜干全秘书长

问月桥边，香影廊畔，楼景朝东。正长堤柳绿，柔风弄舞，西园水曲，虹带弯弓。梦里相亲，平生所恋，挺立巍巍多雪松。常信步，观湖滨倒影，花鸟声中。　五亭狮子重重，看宾馆将成迎蜀峰。想杜家手笔，青山隐隐，刘郎才气，唐寺雍容。喜煞人间，春来大地，我好渔歌学放翁。新题句，幸从容健步，领略烟濛。

注：杜牧《寄扬州韩绰判官》："青山隐隐水迢迢，秋尽江南草未凋；二十四桥明月夜，玉人何处教吹箫。"刘禹锡、白居易曾同登大明寺栖灵塔，有诗："半月腾腾在广陵，何楼何塔不同登；不知精力衰多少，同上栖灵第九层。""步步相携不觉难，九层天外倚栏杆。忽闻笑语半天上，多少游人举首看。"

八声甘州

怀念顾民元同志并以条幅书赠全国政协常委刘瑞龙

忆通城南角，正书斋净几作诗文。想狼山登眺，啬园凭吊，天石初敦。讵料汇龙一别，竟作浪花奔。“写读”成绝响，中道星殒。

何处诗觥三百，慰精魂安憩，大地皆春。喜海天雨露，乃健继家声。望江边，粮棉新土，记当年鼓吹费艰辛。浩歌荡，泉台携手，上与兄斟。

注：顾民元（明圆）同志，南通人，一九四〇年冬任根据地启东县长。返家途中，于通海交界处遭顽军俘虏后遇害，今且四十年。我记他的诗句，有“莫谓江流悲永逝，天光常照浪之花。”掘港曾有盛大之追悼会。越一年，我与怡生老伯遇于聚星镇，他有赠诗：“去年此日影长埋，今日何图君突来。旧识人留黄叔度，相亲我忆李风灰（李俊民）。时光已越六九节，快事聊飞三百杯。一醉甫成又一别，车尘到处开阴霾。”

扬州慢

陪翻译家戈宝权畅游扬州

少小离乡，乡音未改，烟花三月扬城。看汉唐文物，读八怪丹青。自廓散寒氛淫雨，长堤舞柳，红药吹笙。创新风：海角天涯，寰宇搜寻。　鉴真堂上，想千年渡海精神。幸李白题诗，刘郎绝句，绘出栖灵。月观玉桥稍驻，波纹皱，袅袅娉娉。祝他年重到，纷纷桃李成荫。

注：月观为小金山面东一堂榭，中悬巨匾，曰“月观”，为清末陈重庆所书，并有跋记，字固挺拔，而文亦可诵。玉版桥为小金山与瘦西湖公园相连的红板桥，立桥上观赏，则五亭、白塔、吹台、琴室、四桥烟雨楼尽收眼底，为湖山绝妙处。戈宝老为东台人，于清代该县属扬州府辖，故返扬城有回乡之感。首三句为讲学开场白的真实概括。演说时叙鲁迅先生对外国文学的造诣甚深且博，他常从各种外文书刊中寻摘其出处，探索其意义，此诚我辈所当引以为范者也。

水调歌头

怀念扬师院孙蔚民院长

西湖好远眺，转眼百花开。几番登览，沉思瘦影昔徘徊。回首卅年一瞬，革命豪情壮志，解放识高嵬。红透亭边读，藤萝手自栽。

亿万声，平妖道，扫阴霾。遨游三山俯瞰，大地已春回。四化旌旗招展，学子攻关心切，院长好宽怀。重把平山上，唐构适新裁。

后记：一九六三年，孙老院长曾参加鉴真大和尚逝世一千二百周年纪念的领导工作。他在世时，纪念堂尚未构造。解放初，在党的关怀下，他是扬州师院的创建者。院址滨湖，亭榭参差，花木扶疏。又关心扬城文物建设，风景布置。凡此美德，一度均成罪名。本患肺萎缩症，何堪折腾，不久即告病逝。长女孙锋同志尝与先兄上青有一堂教学之缘，现卜居于唐夹城凤凰桥畔，把晤半日，不胜怆怀。

减字木兰花

追悼扬州农学院薛万鹏教授

薛郎虽去，今日魂归堂上遇。旋转乾坤，教授辛勤胆照人。　　四妖已碎，不惜多情弹别泪。故里东风，重访苏农寻旧踪。

后记：薛教授，无锡人，曾赴美读书。兼市民盟副主委，市政协常委，省政协委员。为人素以耿直敢言著称，曾于省政协会上谈人口增长太快，令人难忘。一九六七年秋，遭迫害致死。一九七九年，党委召开了追悼会，拙词悬于遗像之下。

柳梢青

记扬州农学院徐晓白教授盆景展览

秀峻黄山，小桥流水，三峡高岑。盆里乾坤，梦中离合，不是闲文。　　春风十载扬城，慨此艺乐事津津。北海风光，西湖岁月，老去词情。

注：徐老于六十年代中，曾有诗词油印册，将拙词编为卷首代序，今兹补写，当有更易。

诉衷情

怀念翻译家庄寿慈、诗人韩北屏

当年雪地出城楼，聚首六安州。诗才译笔未竟，相继作西游。　　春虽到，心常秋，愿难酬。青春知己，生死幽燕，无限闲愁。

注：庄寿慈同志曾任《世界文学》编委，韩北屏同志曾任亚非作协副秘书长。十年浩劫中，韩兄患肝癌，庄兄患脑溢血先后病逝。庄兄所译之波兰《普鲁斯短篇小说集》，韩兄所写之《非洲散记》散文集，均蒙惠赠，展读之余，弥增怀想。

青玉案

一九七三年吴调公兄访我书怀

几番飞絮扬州路，只飘逸江南去。执手绿杨荫下度：危楼人海，孤帆沙树，曾共淞江雨。　　通家永好金山暮，杏酒蟹羹三代叙，互问星星添几许？诗词翰墨，青红儿女，何日台城舞？

注：吴调公兄于多年不晤之后来扬寓欢叙，返宁后曾赠我《临江仙》一词，中有"依依巷陌重寻。"我随即填了一首《青玉案》，稿且未存。近又请吴兄重抄一纸，以留纪念。调公兄曾以文艺通讯的文体，论述过我这首拙词。载于《文汇报》"笔会"。所谓概括，以小见大，其中主要包含几个镜头：在上海，在扬州，特别在镇江，由伯伯、伯母两位老辈招待我们夫妇和子女的一幕，令人永远难忘。儿子在镇江要等深夜的火车到北京清华读书，我们是送行的。调公兄夫妇都已到苏州江苏师院任教去了。这是一九五三年夏天的事。调公后有诗给我，中有"慈情千斛重，驿馆一车轻"。这诗句给我子女的印象很深。

永遇乐

寄泽中、淑英

烈日蒸腾，桐荫摇曳，吟兴何许？夜月荒山，孤帆浊浪，诗句和尘土！海塵浮寓，平明遭魅，不记几多风雨。欣春透，辕门重会，未改乡音如故。　　中天丽景，绿杨城郭，彻底翻新济楚。沽酒燕京，填词白下，鼓棹追江浒。青山远隐，篱边黄菊，绰约恢恢来去。抱童稚旌忠园内，嬉游容与。

注：一九六三年农历六月欣然赋此，稿久无存，近始从泽中、淑英处旧箧中检出。

江城子

清明扫墓

半年生死两苍黄，忆江乡，少年狂。一盒遗灰，权当月花香。使我读书头未白，雷米路，沪滨行。　　桥西花墅丽琳琅，妆台伴，笔叮当。回首青山，任汝自徜徉。累得毕生憔悴损，孙辈好，继兰芳。

御街行

记一九八四年春北京市民盟代表会，书赠熊伟、常任侠、季镇淮三教授。

御街柳拂丝垂地，何暮景？香犹坠。新交倾盖论谈风，地北天南诗味。同窗哲友，同乡词侣，明季功臣裔。　天清雨过花枝蕊，柏拉图，陈康醉。一多先烈遗书理，西域文明丝队。阶前闲步，餐间写句，学术交流会。

注：熊伟教授曾与同乡学者陈中寰（陈康）在德柏林攻读哲学，对柏拉图颇多研究。季镇淮教授为淮安人，尝致力于闻一多全集的整理。常任侠教授为常遇春之后裔，近著《西域文明与丝绸之路》。

玉楼春

赠同济大学园林专家陈从周教授

园林无限诗词意，曲水虹桥丝柳细；平山一别十多年，忽见“明轩”海外寄。　　柔情寸寸丹心赐，圆洞幽深宫扇戏。中华美学上金山，文化交流永不替。

注：陈教授曾赠我一幅“虹桥柳丝图”。一九七八年，他与贝聿铭建筑师在纽约大都会博物馆设计建成以苏州网师园为蓝本的“明轩”，现又应旧金山副市长之请，设计另一中国式园林。

水调歌头

中国烹饪颂歌

誉满遨游客，烹饪数中华。思邈神医典籍，饮食可疗瘥。龙虎羊城美味，抄手成都溪畔，京口肴汤佳。尚有淮扬点，隋堤正放花。

想故乡，思旧雨，路非赊。流水桃花鲥鳜，香菇沸锅巴。文化交流聚会，昔年鉴真纪念，一宴赤城霞。尚有词情笔，写赋赠天涯。

注：唐张志和《渔歌子》："西塞山前白鹭飞，桃花流水鳜鱼肥。"宋苏轼《惠崇春江晚景》："蒌蒿满地芦芽短，正是河豚欲上时"。清郑板桥有句："江南春笋趁鲥鱼，烂煮春风二月初。"可见长江鱼产与诗歌之联系，更可以说明烹饪为中国文化之重要组成部分。

唐多令

甲子深秋、落叶飘零

叶落石阶头，人空燕子楼。欲寻寻、无限离愁。多少相思无泪滴，观秀影，梦难留。

黛玉自多愁，顽生无福休。空书卷、与世何酬？转瞬寒凝路滑，何所见？盼楼头。

满庭芳

乙丑春日与泽民侄等同赴泗洪扫墓

千里奔波，泗洪碑碣，当年旧迹重寻。英才儒雅，仿佛伫园陵。桓桓萍公题字，惟党指永世留名。胸磊落，暗枪饮恨，今日跻升平。

诗吟、歌抗战，忠心赤胆，保育新军。忆淮上烽烟，无限殷勤。后辈香花祝愿，松柏秀，志若晴云。洪湖畔，蒸蒸四化，足以慰诗心。

注：先兄江上青烈士墓在泗洪烈士陵园中，墓甚朴素雄伟，墓碑正面由张爱萍同志题字，碑背面由刘玉柱、杨纯、周邨同志撰文。此词曾刊于《文汇报》一九八五年五月七日“笔会”，后于七月一日又载于《新华日报》。

一萼红

怀念陈素同窗

忆卢沟，忽晴天霹雳，呐喊震神州。小巷谢家，梧桐深院，救亡壮气金瓯。东瀛返，悲歌慷慨；冬雪落，大别鄂东游。怀古黄州，山行夜雾，顿付江流。　　握手德钧话旧，有庄言北院，莫璞南州。织锦江乡，栽花古国，高唱胜利歌喉。香影廊，北屏欢叙，六安地，迎待寿慈楼。怀念英豪词曲，境远音遒。

注：七七事变后，陈素（德铭）同志自日留学返国，在故乡扬州，与先兄江上青一道，主办《抗敌周刊》，组成江都救亡工作团，在青年及中小学教师中影响极大。其弟德钧同志，曾任无锡轻工业学院书记，一日临舍，怀旧特多。庄寿慈、韩北屏两位且于十年折腾中逝去，庄言兄曾主持北京画院，莫璞兄曾长浙江美院，偶一把晤，且垂垂老迈，而豪气犹如昔日。

望海潮

贺陈翰笙博士从事社会科学研究六十周年

商山历世，真知卓识，蠡湖惠水豪英。春华五四，守常莫逆，当年国际鸿文。云暗石头城，钻农村经济，培育新人。烟叶栽培，无穷老幼泪痕魂。　　凯歌大地飘拂，催霜毫书箧，俊赏安门。料度风云，慢抽经纬，讲坛对外宣腾。历史小丛门，能扩开眼界，俯仰乾坤。鲲跃鹏飞丽景，预祝百年春。

注：守常是李大钊的号，他曾介绍陈老入党。词中抒情叙事，曾参阅一九八五年十月十日《中国日报》载薛暮桥《陈翰笙的农村经济学》及社科院《世界历史》一九八五年第八期上陈洪进《陈翰笙的史学思想》。

千秋岁

丙寅春节赠上海文史馆陆久之先生

京华春意，鹤发童颜至。风雨过，余辉继。迂回山路曲，飘拂溪流细。情怀切，殷殷祖国欢腾起。　　手抖创伤记，步履仙行地。修广厦，工部冀。听沪滨歌吹，舞老龄襟袂。吟寿曲，东方文哲光如洗。

注：《人物》杂志一九八五年第六期有介绍陆老生平之文，近倡议成立上海老年福利会。

西江月

甲子小满书赠泽民侄

周末钟鸣三下，敲门促膝倾心。闲云野鹤一孤清，上下古今诗镜。　大国小鲜李耳，恢恢儒雅弹琴。贯通宇宙读庄生，白芍欣欣神定。

虞美人

风雪中往月盛斋购牛脯

少年风雪山神庙，教席林冲貌。壮年风雪浪花中，战火纷飞湘桂水山红。　　频年风雪平山道，回首烟云绕。而今风雪前门游，月盛斋边牛脯任孙求。

酒泉子

题五年前在八达岭所摄照片

滔滔江浪，回首金焦称少壮。弥陀古巷待重寻，通泗桥边行。　　新秋八达增豪性，步履攀登遒劲。明花白露未经秋，睹影似重游。

注：此词作于甲子夏日，老伴已病逝近一年矣。睹影生愁，无限回想。

武陵春

盛暑追忆旧游

妆台依旧人凋谢，犹忆少年游。归来稍晚盼楼头，今日独风流。　西湖虽好难回首，何处泛轻舟。记否昆池携手游，徒画意，令人愁。

[双调]蟾宫曲　散曲

抒怀

闲来独坐敞胸怀，飘荡西风，往事堪哀。重见邮亭，同欣“林冲”，生死难猜。五亭桥跋涉而来，石油院等待安排。书箧全才，人伴楼台。夺我良朋，毒恶肠癌。

旌忠巷满墙山花，翠竹榆钱，吟唱烹茶。和睦山妻，顽嬉稚子，小女无邪。匏园中读书吹笳，鱼池边龙爪飞花。天台秋桂，瘦湖虹画，燕市行单，那得琵琶。

忆父吟 七古

飘飘白雪寒风吼，窗槅严关诗教有。
晚餐了罢谈诗篇，诗翁谈诗神抖擞。
江都河南有铺门，柴扉掩闭吟诗文。
丁沟习医六年成，医学文章曾惊人，
头桥仙镇悬壶久，劳人茅屋药能春。
徽州曾应秀才试，多蒙姑丈朱右村。
辛亥之前走吴淞，炮台文幕跨青骢.
关笠庭老曾云我:汝父允推一敏童。
禹王宫里办新学，作曲擅歌教音乐。
吾祖动手巧作匠，尤精木槅善画样，
巧思遗我父能传，自幼画稿称精当。
童年曾习锣鼓番，父敲板鼓儿围攀。
我执锣锤将锣打，至今令我泪花翻。
内河水利交通稿，曾得南通张謇褒，
言谈挥洒称绝倒，煦煦儒雅风度好。
忆昔沪上明星院，三人同观蝴蝶片，

叮嘱苦读勿浮华，至今时时“背影”现。
晚年山水丹青老，深谷之中烟缭绕；
中有仙居诗画人，云是溪翁隐高蹈。
素愿平山学种田，何期数载偿旧缘。
秋斋箱箧垒成壁，卷轴篇篇多诗律，
唐宋词来靠圈点，平仄音韵费指抉。
我本愚骖父才笃，尤精昆腔与小曲，
珍藏铜管两三根，病中吹奏犹能续。
少年吹笙江石溪，都天神会满街痴，
喜茶好酒武拳惯，魁伟身躯风趣感。
一朝仙去令人思，山阳闻笛竹林散。
父已弃我近五十，家早分折母兄失，
今朝落泪思父恩，那知何处乡心沉？
围棋虽习不终局，《内经》翻阅不能深；
泽君之孙攀我手，笑问高祖何许人。
笔花诗，飞天外；铜羌管，今何在？
“有家无父一身单，天地能容一布衣”；
“酒浊诗穷心更碎，故人裘马尺书稀”；
“古今城郭谁为主，南北兵戈未解围。”
诗画医音融一炉，江乡风物春风图。
画艇飘飘瘦西湖，人伦敦厚心舒徐；

尊老重德民谦虚，我亦斑班拈白须。

后记：结句处所引诗，均散见于先君石溪公《梦笔花馆诗集》中。关笠庭前清秀才，建国后曾为文史馆员，与我父为总角交。诗中所叙，亦引用严贯公（前清学人）所作《家传》笔意。关笠庭老何其愚画师尝赠我父山水人物画，今且荡然。泽君大侄，精研戏曲，亦能画。我父尝参加翰林臧谷所主之“冶春后社”，诗风受臧老影响，近于白、陆。民国初年，他有一诗赠友人孙某赴豫作县令的：“从来官海是危机，满目蒿莱处处非，浊世功名如草芥，凶年民命似虫微；古今城郭谁为主，南北兵戈未解围。江上西风窗外月，催人检点旧寒衣。”病逝前书有一律：“六二年华老大身，病魔扰我实怆神。经旬历尽炎凉意，病久方知骨肉真。百事萦怀惟画债，一生守拙累家贫。而今赖有诗囊在，身外浮名且让人。”写于一九八一年。

欣读于在春兄大著柬李俊民、于在春二兄 七律

写读韶华忆旧游，通扬两地不胜愁。
清风江上随流水，明月圆光扑地头。
淞畔重逢均白发，京中握手聚层楼。
和平里有仙居乐，热望高谈意未休。

后记：三四两句一联为对《写作与阅读》月刊主持人江上青、顾明圆二兄的忆念。李于两位与他们两人均甚契。在春兄的著述，确是当年《写读》之扩大延长，俊民兄所赠《唐诗别裁集》成为我案头最常翻的书。今附在春兄和诗："京华难忘去年游，晚际明时喜莫愁。生死知交存眼底，光荣先烈活心头。忆前曾有连刊卷，垂远还须更上楼。十二本书当问世，矇眬病目敢安休。"

金缕曲

读纳兰性德《通志堂集》

异代同风味，拥书城春秋花谢，诗人知己。桐竹吟哦恍似梦，是醒也应是醉。通志堂，荣华观碎。便算羲皇以上世，五千年叠叠盈箱史。词情古，如亲慧。　禁城紫陌腾佳气，我今年重寻旧业，月华如水。晨起翩翩持剑舞，京国辎尘云里。容钦敬汉文高等。薄宦浮萍终未显，才名难掩无穷泪。任心快，何能计。

注：《通志堂集》卷七刊性德金缕曲共九首，多跌宕之音，尤以《赠梁汾》一阕，堪称压卷之作："共君此夜须沉醉，且由他蛾眉谣诼，古今同忌，身世悠悠何足问，冷笑置之而已。"其第三首第四首金缕曲均与此词同韵，爰学步以抒钦敬之情。一九八一年我受聘为中医古籍出版社特约编辑，得借读此书。

沁园春

读柳无忌、罗正郁教授编译之《中国诗三千年》

中国诗歌,三四千年,举世无双。有国风绰约,楚辞绵邈,友朋赠别,宴舞堂皇。声律推敲,韵音平仄,诗酒吟哦李杜光。唐宋后,更长词慢曲,荡气回肠。　　精于凝练删详,常余味盈胸梦里长。虽诗人高雅,并无专职,关心国运,与庶同行。贵妇花间,贫僧古寺,风雨春秋伴竹廊。放眼望,愿箜篌钟琴,奏出新腔。

注:此书导言,论中国诗歌与西方诗歌有何不同,颇多识见。中国诗歌从初期即与音乐密不可分;如民歌、宴歌、宗庙祭祀之颂歌。中国语言本身的性质决定其诗歌音乐性之特色。汉字为单音语,即由不同音调的类型排列组合并不断变化而成诗歌。七世纪以来,平仄声律成了中国诗之最显著特点。中国诗甚精练,主语常省略,有时动词也能略去。动词时态,名词、代名词的数格性均无区别。中国诗歌,在社会中虽享有高尚地位,可中

国并无一种人专门从事于诗人这一职业。中国诗早从两方面吸取其灵感：一为民歌，一为文人诗。唐代曾以诗歌取士，很多官员均为诗人。老百姓也学写诗，贵妇名媛，道士僧侣亦复如此。元代统治者不重视诗歌，艺术家乃转入戏曲、绘画。明代则仕途多险，诗人常以卖书卖画谋生。降及近代，革命文豪鲁迅亦常以旧诗表达其内心思绪。中国诗人非以作诗人为目的，其终结志趣乃在于治平天下。中国诗恒与人民生活相关联。它又为一种社交形式，朋友间留下大量的唱和赠答的诗篇。中国诗里的男女爱情诗不如西方诗那样浓烈紧张，可是如有人认为中国诗未处理浪漫热情，那也是一种误解。只由于社会风气习俗之不同，其表达方式有别而已。从屈原到鲁迅，中国诗的讽刺锋芒从未钝过。贬谪官员与现代革命文人都以中国诗作为社会改革的工具。我读罢这篇导言，更翻阅其中译诗，深感中国文化之精英正在外国传播，并日益受到国际友人与华裔学者的重视推崇。故我们不能以其难学难以入门为辞，而置李杜苏辛的豪迈传统于闲斋，必努力以开创中国诗歌的新局面，在继承基础上有以发扬光大之也。此词曾刊于《群言》一九八五年第七期。

欣奉扬师院老友徐沁君新著《新校元刊杂剧卅种》 七绝

毓贤街上食河豚，清学披纷花部存。
治学通家桥畔柳，汉卿致远得传神。

注：毓贤街为阮元故居。清代乡前辈学者焦循（理堂）著《花部农谭》，于戏曲史颇多论述。

木兰花慢

司马迁颂歌

纵目观古史，谁为首？耐思量。恰文史倡优，轻于流俗，发愤子长。灿烂汉初图卷，除暴秦，还使良弓藏。方士求仙渡海，干才重用张汤。　　田窦纷争，更公孙巧诈擅逢场。有陈涉世家，李斯列传，垓下风云，项王空泣乌江。读史书，盼李广张良。细绎六家要旨，直言无隐能常。

注：《报任少卿书》中说："文史星历，近乎卜祝之间，固主上所戏弄，倡优畜之，流俗之所轻也。退论书策，以舒其愤。"词中叙史事部分，概述了《高祖本纪》、《淮阴侯列传》、《封禅书》、《酷吏列传》、《魏其武安侯列传》、《平津侯主父偃列传》。张舜徽近著《周秦道论发微》，篇末论六家要旨，说明司马谈思想对史记一书的重大意义，老子曰："知常曰明。"

浪淘沙

读东坡诗颂惠州新貌

何事苦东坡？四海奔波。诗人塑像惠州歌。尚有六如亭永在，朝夕云多。　　日月便如梭，湖景更磨。荔枝仙子降襦罗。南海游人近咫尺，文化风荷。

注：苏轼有《四月十一日食荔枝》诗，六如亭是纪念东坡爱姬者。

［仙吕］解三酲　散曲

步任二北先生原韵

闻说得盛会空前，正当他北郭春妍，乡心越老偏难咽，遮不断柳堤烟。这梦魂啊俏随红树连萤苑，蜀客仙风落故园。书囊倦，长走在京华古道，小别多年。　从此后瘦湖花片，从此后纪念堂沿，从此后西园曲水虹桥辇。从此后平山边，从此后大明古刹增辉焰，从此后散曲吟笺满画船。文峰远，好趁着五亭妆靓，念四桥边。

后记：任中敏（二北）先生为海内研究元曲、唐戏弄、敦煌文学之专家。曾专程拜候于锣鼓巷寓所。今以八十许高龄，遄返故乡，备受欢迎。此曲曾以宣纸书写，托友代呈，以申敬意。任老原作见《曲雅》。

［黄钟］人月圆 散曲

怀评话家王少堂

梦魂还绕西湖瘦，时忆少年游。熙熙教场，柳村书社，独占鳌头。　　欢欣解放，春秋佳会，扑案歌喉。“武松”巨帙，“宋江”稿厚，今古悠悠。

注：王少堂同志为我江苏省著名评话家，所讲《水浒》故事，得柳敬亭遗风。《武松》经孙佳讯、孙龙父两同志整理，江苏人民出版社出版，有两厚册。《宋江》只片断在《人民文学》上发表。十年浩劫之初，不胜折腾，老病致死。

[双调]折桂令　散曲

记张永寿工艺师

姑苏林石苍苍，连床风雨，街景衣香，或酣或醒，常市桥独立茫茫。　宾客如云来访，看张兄十指出奇芳。百花齐放，百菊图香，真乃扬地诗堂，十里花廊。

注：张永寿同志为吾乡名剪纸艺人，所创《百花齐放》、《百菊图》曾先后出版。六十年代初，在苏州参加省文代会，我与他同居一室，殊为难得。惟嗜酒成癖，八十犹健步如昔。

巴山夜雨　七绝四首

巴山夜雨商隐诗，巴山夜雨涨秋池。
巴山夜雨叶楠戏，巴山夜雨天下知。

长江三峡波涛涌，雷电轰鸣雨急挥；
稳驶扁舟准把舵，座中老幼泪多垂。

老母之言出众音，家乡红枣祭江心。
孤儿北战南征过，孰料私家乱斗兵。

诗人秋石罪无因，无我方能入水清。
受骗少年多省悟，巴山夜雨正叮咛。

注：《巴山夜雨》本晚唐李商隐的一首七绝诗："君问归期未有期，巴山夜雨涨秋池。何当共剪西窗烛，却话巴山夜雨时。"原题为"夜雨寄北"或作"夜雨寄内"，是诗人留滞巴蜀时寄给他妻子王氏

之作。这首诗希望一家人早日团圆。现在叶楠编写的电影，表达了全国人民的意愿，期望全国人民治愈十年创伤，安定团结，走向新长征的道路。诗意扩大，而意境形象美似更深刻。

水龙吟

读《中印千年史》英文本，作达摩颂

袈裟红古虬髯，坐嵩山面壁十载。高僧印度，菩提达摩，少林武海。建寺千间，度人无算，笑他未解，更候师立雪，丢抛杂念，始得准，衣盂赖。　　敝屣荣华王子，来中土，宣扬禅那。中观龙树，大乘哲理，延年长在。中印千年，融和文化，东方尊者。细究来：遗址龙山，华夏渊源增彩。

注：达摩为禅宗祖师，传为释迦牟尼之二十八代传人，谓他寿长一百五十余岁。《中印千年史》中论达摩贡献甚备。今嵩山少室山少林寺，达摩遗迹有面壁洞、立雪亭等。附近不远即王子冈，为龙山文化遗址，考证即夏禹之都阳城。《中西交通史料汇编》第六册中叙达摩与梁武帝对话。达摩临终时，《洛阳伽蓝记》一书的作者杨衒之求达摩说偈，可参看。此词曾托南亚所耿引曾副研究员呈季羡林教授求教。

徐悲鸿画马歌　七古

熟读杜甫画马诗，悲鸿画马乃出奇。
九方皋为伯乐继，识马巨眼如电犁。
尤以奔马飞腾势，竹批双耳四蹄离。
将军骢马来向东，庆有神驹立大功。
徐公之马大宛种，建国前后汗血耸；
写真骠马传世人，雄师矫健向南征。
偶然写马病到骨，奔波劳瘁堪怜惜。
推崇骏骥别有神，识才今日允为重。
《丹青引》上曹霸笔，洗尽万古凡马空。
陈秀之为新伯乐，神州处处安振东，
新绿长城联塞外，马群骧跃走崆峒。
诗画由来情甚密，千年传统美家风。

注：诗中引用杜诗《高都护骢马行》、《沙苑行》、《天育骠骑歌》、《丹青引》、《房兵曹胡马》等诗句意境，不一一注明。

水调歌头

扬州八怪颂

何谓文人画？绘事重抒情。八怪扬州崛起，画史永留名。衙斋闲闻萧竹，狮猫爱鱼灭鼠，半榻乱书横。凉叶飘香处，鸡唱唤人心。

舆隶凶，如马踢，不堪行。琢磨怀素，玩砚东坡对菊琴。三祝西方旧寺，画马酸嘶悲愤，古拙出凡尘。弹指阁图在，傲骨石涛钦。

注：郑板桥题竹画诗："衙斋卧听萧萧竹，疑是民间疾苦声。"汪士慎题画猫诗："一自爪牙勤黠鼠，傍人安稳卧青毡。"李鱓题鸡画诗："画鸡欲画鸡儿叫，唤起人间为善心。"又题花画诗："辕门桥上卖花新，舆隶凶如马踢人；滚热扬州居不得，老夫还踏海边春。"黄慎之书画，得力于对唐怀素草书的琢磨。金农尝客居扬州三祝庵、西方寺僧舍，画马"有顾影酸嘶之意。"高翔尝从石涛游，弹指阁图存扬州博物馆。

调笑令

百年旧书案运来京

沙漠、沙漠，独行踽踽落魄。疯癫自语频频，昏天黑地兢兢。团聚、团聚，回首八千云路。　　买菜、买菜，放眼乾坤可爱。百年书案还原，霜风雾露连绵。笑煞、笑煞，华发山妻揩抹。

注：我父当年读书写诗作画行医之旧书案，经二月余始运到京寓，弥觉可珍。

纪念《江文团》建团五十周年之歌　五古

忽忽五十年，思之如昨日。卢沟枪声响，举国惊抗敌。陈素东瀛返，星火燃心热。时时多聚谈，客座梧桐叶。一联何绍基，壮气胸中滌。抗敌出周刊，传播颇深彻。更闻歌咏声，正谊殊特出。文化救亡会，各方多团结。比闻沪苏沦，忙于组宣急。寒冬路泞泥，钞关星聚发。莫璞相识初，欣他有画笔。福祥年较长，石城相仲伯。张家三弟兄，志气高风烈。我辈虽已婚，弃家远行越。临行秋斋中，赵敏来会集。小队过仪征，公然参行列。匆忙行江浦，歌喉沈风发。含山巢县中，孙精三人入。穿过合肥城，女师曾驻节。滞留桃镇时，舒城多经密。浩荡来六安，德钧桐城达。北屏迅来奔，周郇书画挟。陈素武汉行，董老多情热。徐赓张宏来，延安抗大力。山西来寿慈，庄言多艺法。忆昔田家巷，慰问演出剧。永记颖上城，敌机乱丢弹。书生能勇武，救火风萧飒。固始钱俊逝，家国恨堆积。团歌集体写，山水何壮阔。商城麻城间，汉夫来访集。新华报曾载，抗战史岂灭？浠水上青行，越年遭暗杀。今友念兄多，泗洪留碑碣。伟哉陈素兄，微兄何成帜。任职友军中，堪称先士卒。广济一役完，伤亡甚惨烈。我随陈素忙，担架甚不易。奉令后方修，多人患疟疾。与兄告别时，坚持随部拔。病员江边走，路过团风滑。比至汉皋滨，闻讯惊痴吓。夜雾黄冈山，骑马落水魃。匆匆追悼会，言岂可尽发。遗物交桂林，纶卿大姐哭。天敏质纯厚，与素情谊阔。死生知己恩，往路多艰蒺。荡荡庆明时，新途永多吉。历此半世纪，堪称殊幸逸。唯我党英明，能救斯民席。烈士遗志丰，改革城乡业。工农竞蒸蒸，榜上留金迹。故乡已改观，新古交辉叠。伟业起步走，挥泪重征发。不知有已时，乐观骎骎习。鉴真堂之旁，树碑垂永绩。中学好文艺，会文选第一。笔名署呆呆，初日熏林豁。历史为专业，日语能用活。出门着西装，未知吝钱物。

抗日烽火中,艰苦深启发。更有王崇恩,见面多怀昔。今兹纪念会,令人铭刻骨。永世勉后昆,毋作掩袖泣。民族多脊梁,何虑国难活。精神振奋好,四化通海域。时唱抗日歌,何来腐腥蚀。

后记:陈素(德铭)之家在扬州新城谢家巷。与寒舍近在咫尺。陈寓中有一小客座,院中高梧萧疏,境颇清幽,中悬一漆器对联,为何绍基所书:“胸中壮气仍须遣,身外浮名何足论。”上青兄与素兄常在此议论天下大事,今日思之,古联仿佛为二兄写照,诚可谓“古为今用”。徐赓烈士为解放初扬州市副市长徐笠樵先生之子,曾往延安抗大学习,沉毅寡言,足见坚强党性精神,后于皖中遇害,《扬州烈士传》中有传。沈风同志为庄寿慈兄好友,为上海音专黄自教授的学生,曾教我等学唱《旗正飘飘》大型合唱歌曲。团歌词为上青、北屏及我所合写,歌曲为沈风所谱,该团歌流传颇广,今日仍有人会唱。于一九三九年初在平乐漓江边一酒家话别后,未知何往,今日音讯杳然。拙著《梦翰诗词钞》中有我怀念悼念江文团诸好友的诗词多首,兹不赘述。今作纪念江文团五十周年的词两首，录之于后。诗中“微兄何成帜”，“微”字作“无”解。《论语》：“微管仲，吾其披发左衽矣。”即若无陈素烈士的初创与披荆斩棘精神，江文团的旗帜是不成立的。王崇恩即王路，曾任北方交大副校长。

注：“江文团”，全称“江都文化救亡协会宣传团”，曾于抗战初期工作于皖豫鄂三省之交，影响颇大。

蝶恋花

纪念江上青烈士殉国五十周年

江上青山斜日暮，绿遍天涯，重到萧湾处。风雨乾坤人顶住，义旗红纛随风舞。

言笑诗文今继武，气壮山河，狭谷工程数。词兴稼轩陈亮语，中华锦绣前程路。

注：此词系和周一萍纪念先兄词。周词云：“长夜漫漫寒与暑，淮北江南，总把红灯举。星殒中天随月去，莹光常照寻春路。　　又见东风吹海渚，环顾人间，胜境清如许。梅蕊新华芳兢吐，故人同作忠魂舞。”曾刊于一九九〇年五月二日《团结报》。

青玉案

友人惠寄《秋山红叶走征途》一文，感奋无似，爰赋此词。

长空朗照秋云路，竟鹏翼階前伫。人间五十新旗树，长江拍浪，瓜州古渡，缧绁姑苏住。　青阳碑墓巍巍护，开辟花园帷幄叙，词作燕京知几许？高天寄鲤，高翔心注，万里情思聚。

注：友人自彭城开会返京，得旧友高翔同志赠书。拙著《梦翰词诗钞》中纪念先兄之作不止一二，泗洪党史办偕同诸位老战友合编《忆上青烈士》一书，闻将不日印出。张爱萍同志曾为墓题碑名，数年前亦有《青玉案·腾腾晓雾秋山去》一词。

水调歌头

闻扬州画院巨型画册即将在香港出版，欣然赋此。

日日红桥酒，西方古寺斋。亚如写意，担起承先材。绿杨红园新貌，杨麟中原风韵，藤蝶板游哉。聖和李柿画，耕砚菊英怀。
春水钓，天上坐，乱云来。幽谷馨香，听雨残荷蓬莲采。几多暮归创景，山雨伏强铁笔，朱旭又梅开，海外欣扬画，宛似盛唐台。

注：首句指郑板桥，他有“日日红桥斗酒卮”，次句指金农，他曾寓居西方寺，今扬州画院建于这两个古迹之附近。李亚如为前院长，杨麟为现院长，王板哉为老画家，李圣和、吴砚耕为老女画家。中年青年新人叠出，不赘。

曲游春

《中华诗词》第一辑读后感

问东风来未？却柳吐嫩芽，雨飘丝细。共襄园蕊，诵华章美曲，中华正气；与论诗前路，堪回首，山遥水转，美人却在山阿，修竹几经沧底。　　词老千秋祝岁，恰旭日金缕，海潮无际。孔庙重游，乐重九登高，川江峡水，泣血诗人泪。更散曲采茶歌戏，忽见露重星稀，乡情勾起。

注：词中概叙楚图南、赵朴初、霍松林、周一萍、汪普庆诸同志的作品。

临江仙

闻一九八九年六月二十四日喜讯

忆昔香影廊内饮，少年无限欢娱。意中佳作一封书：鹤飞腾梦远，虎跃识当初。
今读林公联对句，望中梁柱江湖。仰观星汉韵何如：泗洪川上水，琼树盛花图。

注：香影廊为扬州北郊名胜。林则徐诗中有“苟利国家生死以，岂因祸福避趋之”。先兄江上青烈士于一九三九年初秋殉国于泗洪，墓亦建于该县烈士园林中。

千秋岁

己巳初冬作贺词

薄寒时透，江上峰峦秀。国运昌，人增寿。千秋传佳话，两代连衣袖。举杯酒，心怀淮泗灵飞佑。　　南望乡音妙，秉烛诗声奏。菊正黄，枫待绣。全球瞩目望，儒者知兵候。方凝伫：虚心受业欢腾够。

注：此词于一九九〇年春节时书成条幅求正于楚图老。

念奴娇

贺泽民侄全家迁京新寓

飞来天外，都门丽，车入东华门阙。金菊弄柔风摆柳，波上粼粼风歇。孙笑祖欣，眉扬肩愈，前辈何曾及。时光润彩，几生修到此节。　　遥想淮北当年，歌声励志，同赏延安月。少穆徐公诗句在，雄志凝成团结。跋涉井冈，辛劳滇境，万事民欢叠。何需挂碍，有人计算暗壁。

扬州慢

为扬州市廿四桥新景题词

东倚五亭，北连蜀麓，新景廿四初成。正烟花三月，尽歌馆沉沉。自杜牧题诗之后，青山隐隐，都带深情。继唐音楼台耸翘，装点江城。　　徐凝俊句，今二分，明月重吟。恰海舶龙行，机飞鹤翼，四海嘉宾。芍药琼花争艳，波心唱，白石欢腾。赏吹箫人秀，小红也在新生。

注：唐徐凝有诗："天下三分明月夜，二分无赖是扬州。"南宋姜白石有词《扬州慢》记当时兴衰情况。

迎春吟诗会赋七绝十二首

一

春气阳和日日新，新朋旧友倍情亲。
诗词吟唱燕京盛，万国同欢吟太平。

二

去夏风波早已平，黄陵汉柏国之根。
市场熙攘繁华景，一片钻研科技声。

三

国运昌隆正此时，汉唐未足比今兹。
人人都重炎黄裔，舞袖风飘风雅辞。

四

台北钱公九十稀，曾吟《一七》唱新词。
中华文化尊崇久，不断翻新融铸诗。

五

开国元勋毛泽东，全民都唱大江风。
英灵慰我春来早，阴影邪魔遁影踪。

六

为人不读中国诗，学得洋皮油嘴机。
不识国情甘媚外，邯郸学步华尔兹。

七

能顺民心势必昌，滥私孤寡欲衰亡。
欧罗瞬息花坛变，古语东方迎太阳。

八

钱心太甚防肠断，六害常除为吉祥。
迷信修坟淫靡赌，歪风斩断国方强。

九

橘橙美色香沉沉，瓜子香蕉喜气盈。
回首天安场上事，细尝甜味要分清。

十

漫道中原景色好,贪婪讹诈终非仁。
如何素质能提上,科学精神教是根。

十一

未尝设宴符艰苦,公用银钱不可混。
老少边穷可记取?无功受禄应心疼。

十二

农历已有数千年,季节分清古已然。
乡村新貌新心态,五谷鸡豚南北全。

注:此首曾于一九九〇年春节前在农工民主党中央礼堂内诵读,后于《前进》上发表。

为王昌厚绘钟馗像题诗　七绝

钟馗蒲剑肃端阳，虫豸纷纷退作场。
我愿人间清净洗，艳荷秀菊斗芬芳。

注：此画此词曾于一九八九年十月后在能源部老干部书画作品展览会上展出，颇蒙观众欣赏。盖此时正值整肃风纪，反对贪污腐化之际，正是艺术要反映时代精神。

赠女儿江磐贺生日三首　七绝

一

海荡风雷四七年，沪滨楼顶看花前。
桥西蕴藉台城柳，兴化拈须讲学毡。

二

海荡风雷四八年，劬劳德母断肠捐。
鲁翁诗句磐安石，舞剑坛边长吉仙。

三

海荡风雷四九年，读书勤奋过齐贤。
何从潇洒京都路，日月坛边舞剑连。

注：江磐于一九四一年出生于如东（掘港）东王家园一农家，深夜雷电交加，大雨不止，且时有日军汽艇游弋，取鲁迅诗“风雨如磐暗故园”之句

的诗意，为她取名为“江磐”。我家曾寓于扬州中学附近老诗人臧谷之桥西花墅中，女儿在南京化工学院毕业，曾在台城边留影。长吉是唐李贺的字，他喜舞剑。

沁园春

贺中葡协议达成

明季嘉靖，国势渐衰，南海初侵。更光绪年间，因缘强住，四百余年，今获新生。南天翘首，民胞物与，草木也知故土情。欣友方正顺时随化，永志丹青。　　堂堂政策昭然，华厦兴，人文正盛蒸。愿海屿峡道，稳荡渔帆，炎黄后裔，畅叙杯茗。大业初成，和风飞絮，旭日煌煌寰宇明。光史册，有元龙羽扇，定挽风云。

百字令

中华诗词学会首次筹委会决定丁卯端阳开成立大会

龙吟虎啸，构新楼，诗侣中华咸集。倚曲高歌无老幼，遑论天南地北。风拂骚回，雅音清唱，古国腾飞急。新交旧雨，握手倾心情热。　　细思文化精华，千年雕璞，光大吾侪业。抛却宝箱流易逝，何用乔装长发。写绘江山，春秋亭榭，李杜苏辛习。天安路阔，莫负良辰美节。

高阳台

丁卯初冬读《禅宗大意》

大地山河，西风拂树，阶前黄叶纷纷。幽趣闲寻，此心无住无闻。窗前花树频频发，寻册书何限伤神。想江皋草绿，怎生过尽芳辰。

南驰回首烟尘，总彩云迷雾，锦绣含嗔。一去东单，便由阴道轮吞。新旗标插馨香家，也算是装饰平生。恨痴心了却前缘，学道禅僧。

注：老伴于一九八三年患癌症病逝于北京医院，故有“一去东单”之句。此词书于老伴逝世五周年之际，曾悬于壁上多时。

满庭芳

秦少游贬郴州纪念，赋此寄扬州
师院秦裔孙秦子卿老弟

南岳衡阳，郴江绕郭，江淮才子潇湘。斜阳古驿，梦破马嘶长。谪荒意，销魂藤树，热泪洒千行。　　东坡连师友，追踵韩柳，开罪君王。问人间世事，惟有杯香。却说中原文化，秦邮播，播出芬芳。尊遗产，学人高会，遍地菊花黄。

己巳冬日赠侄婿彭镇华、侄女江泽慧夫妇　七绝

轼辙友于一句诗，路长人困蹇驴嘶。
而今杉木林荣秀，绿化精雕正此时。

注：镇华于杉木北移科研上颇多贡献，泽慧则林木加工的学术研究上有所收获，并曾赴加、美、瑞士等国作学术访问，并发表论文。东坡怀念其弟辙之诗："人生到处知何似，应似飞鸿踏雪泥。泥上纵然留爪迹，鸿飞那复计东西。老僧已死成新塔，坏壁无由觅旧题。昔日崎岖今记否？路长人困蹇驴嘶。"末句最概括，最富哲理味。

一剪梅

一九八九年春节赋

淡淡长空冬半寒，词兴阑珊，词兴阑珊。
行年八十当粗安，眼笔酣顽，眼笔酣顽。
几人飞去入云端，世路悲欢，世路悲欢。全唐五代一翻间，流水潺潺，流水潺潺。

注：此词颇受楚图南老会长所欣赏，在倾谈时叙出，使我汗颜。

永遇乐

读《扬州名胜诗选》，其中多唐宋明清佳作，且以名胜风景系之，注释颇有可观。爰以名句赋此一阕。

三月烟花，故人东下，江空碧路。故驿西陵，淮南游兴，离别有商胡。画角春风，鼙娥城价，曲士达人同度。以江渡，浪波秋晚，夜夜桥火，深红树。　　炀帝雷塘，纤腰长袖，夜了青楼处处。琼花观里，吹箫骑鹤，不尽平台雾。万井笙歌，一尊风月，形胜平山烟絮。梅花岭，双忠并耀，几多心语。

注：词中所叙，多出自诗选诸作。李白《送孟浩然之广陵》，杜甫《解闷十二首》之一，杜牧《扬州三首》，欧阳修《和刘原父平山堂见寄》，清鲍皋《双忠祠》等诗。

浣溪沙

怀念陈毅副总理

儒雅将军陈仲弘，南天梅岭战旗红。茅山智勇渡江东。　　韬略毡坛尊俎事，临风晚节咏苍松。永留巨浪荡心胸。

踏莎行

述怀

德胜门边，和平巷路，征车病榻何从叙。素裳黄菊引诗心，案头梨桔随情哺。　　八十青春，休言作赋，青兄诗句非尘土。江头浪拍侣沙鸥，大虹桥上观烟雨。

醉翁操

记泽民访苏

朗然，寰圆。弦弹，越关山。淡荡夏风送半天。沙尘梦影娟娟，何得眠？漫步瘦湖边，铭记钢书颂昔贤。　　溪翁笙画，青诗泉涌，才留蕴藉，别有玄音清怨。山正岚烟绿巅，水正歌吟白川，祝尔葆华年，仿佛似神仙，高格出人间，琴声莫府手挥联。

注：五十年代初，泽民自苏学习返乡，曾赠以《奥斯特洛夫斯基全集》（俄文本），其中演说部分如《生活万岁》等，时铭刻心中。他曾答《真理报》记者问，引用了史公祠前的对联：“数点梅花亡国泪，二分明月故臣心。”

五古长歌议诗歌走向，书赠诗人王澍

比邻有王澍，时赠诵清商，不知江海大，焉知日月光。洋风久习染，民气郁苍苍。愤然傲今古，执手沥诗肠。西来慈航渡，未必巫山堂。纵然降神女，难得携同行。腐篇不足道，浮气亦糟糠。从容行中道，吟哦出灵方。温柔敦厚好，诗教若琼浆。神州十一亿，暖衣饱稻粱。淡巴成普癖，苦读非所长。亦见嬉终日，半生未入行。如不奋心力，未易持朝阳。举世轰然乐，乐在私室芳。为上科技路，高歌甚微茫。格高白雪调，黄味巴人腔，不讲天地阔，何来大同香。嗤嗤氓甚苦，但求入城隍。有术全合计，层层入金囊。一张卡片列，虚衔五六行，戏台巨骗手，运行走八方。亦闻天边会，几家巨富张。史绩非遥远，钟鸣醒曲廊。鲜卑金元清，千载化融塘，往者皆可谏，自省振家邦，走私动实弹，贩毒结伙帮。清音唱高格，何惧我炎黄。南湖风物美，七十寿而康，纵存罅隙缝，无从钻虺尪。

[中吕]满庭芳

答诗人丁芒

出城如画，路头浓荫，有个诗家，骚坛谁领风流话？灵性烟霞。　　谈老嗟卑滋腐发，逐利追名乘海槎。松林下，捻须言傻，秋色满金华。

凤栖梧

白雪彤云冬已露，西子传书，婉约飞来去。带水汉诗书早遇，北风八岭峰沾絮。

一别香魂无觅处，频忆桥西，选庵经行处。绿叶红花加温度，捻须人望春来驻。

南乡子

怀乡

楼上望扬州，绮丽风光平远楼。念四桥头花芍药，风流，对岸青山点点头。　　不尽古今愁。日日谋人事未休。看似英雄称国手，歌喉，转眼抽空无处留。

［十二月］带［尧民歌］

新居忆旧

［十二月］试忆起东圈之门，那堂上秋水联文，更沪滨南市窝存。旌忠庵团圆气氛，石油院吵闹纷纷，和平里旧雨离魂。　［尧民歌］忽见那高楼德胜门，有书斋吟地足舒腾。思倩影绕萦梦痕，黄昏雨打孤灯。欣春，友飞天外分，乐寻自随春。

鹧鸪天

奉侄孙江源新画书辞

五亭桥外夕阳时，素心唯有上青知。梅林培育枝头艳，黄淡青松游鸟窥。　休萎歇，颂新诗，广陵才气喜孜孜。雄心坐守寒窗月，自会高风步石溪。

贺新居

小满后一日迁入新居

青禾小满涨潮天，德外新居觉有缘，
书籍堆堆未及整，胡琴伴我好休眠。
楼厦巍巍何足数，书生能入亦堪怜，
毯毡地壁哪能究，任写新诗学少年。

注：胡琴为我老伴笔名。

摊破浣溪沙

七八生辰

窗外潇潇雨正斜，遥思苏皖水如麻，卢浮闲宫新坐定，品山茶。　　回想八年永别后，读诗作赋好生涯，难得花枝都妩媚，不思家。

为扬州朱自清故居开放题诗

散人背影重人伦，三代交谊可细论，
我见圣陶前辈议，犹见才气广陵人。

注：我长兄江世俊与朱先生在第八中学同班，朱先生弟朱物华为泽民侄在交大读书时之老师。长子朱迈先与我大侄泽君为高中同班，次子朱润生与泽民为同班，尊翁朱小坡与先君江石溪为好友。

南乡子

友人赠寿相放大图照

回首万重山，越过险滩更隘关。病柳残荷风雨暗，不尽霜晨红叶攀。　　垂老捧书谈，宾客爆光多喜颜，六十小儿称许父艰难，不倦孜孜相见欢。

注：少年时在旧八中“教学相长”巨匾下读书成长，终生未忘。“学然后知困，教然后知不足”，当身体力行之。

浪淘沙令

先君石溪公诗早轶，今陆续忆出共诗九首，《除夕》两首五律堪称绝唱。

清末一寒儒，苦读医书。悬壶仙女感穷途。除夕梅花冰雪意，透任能乎。　　晚为丹青图，深谷溪庐，万山丛错一红湖。读诵低徊思细忖，时代精驱。

［附］石溪老先生诗抄

除夕（二首）

度日已如岁，惊闻岁忽阑。
有家原是累，无父一身单。
酒浊愁先醉，诗穷心更酸。
明年春意早，长夜复漫漫。

才拙谋生苦，家贫偿债难。
岂无衔恨泪，不肯向人弹。

不到梅花瘦，奚知冰雪寒。
年年除夕夜，报母只平安。

三十述怀（三首）

闲来独自掩柴扉，闻到京氛欲解围。
壮士甲兵征梦绕，故人裘马尺书稀。
烟霞得遂三生愿，天地能容一布衣。
极目不堪残照里，断云深处倦还飞。

烽烟曾不到西秦，梦里关山愧此生。
徒有新诗饶国恨，愧无生计慰家贫。
长天雨露应怜我，当道荆榛欲刺人。
少壮未为冠盖累，始知老去一闲民。

敢因离乱故求安，历尽尘途万事难。
若使人心无险恶，先教沧海没波澜。
鹰横大漠曾沙卧，花倚荒庭耐晓看。
多少沉沦多少恨，半生书剑付谁叹。

赠孙某赴豫作县令

从来宦海是危机，满目蒿莱处处非。

浊世功名如草芥，凶年民命似虫微。
古今城郭谁为主，南北兵戈未解围。
江上西风窗外月，催人检点旧寒衣。

五十述怀时旅盐城

忽忽光阴五十年，半生荣辱总由天。
岂因果报方行善，要好儿孙各向贤。
门外闲云容我淡，庭前明月向人圆。
何时谋得平山地，遍插秋花学种田。

六十述怀

六十年华一瞬过，萧萧两鬓压霜多。
髭须未许尝甘苦，心力几经受折磨。
老不求人知命蹇，贫而能乐得天和。
几番山水丹青笔，笙管歌吹任网罗。

病中口占

六二年华老大身，病魔扰我实怆神。
兼旬历尽炎凉意，病久方知骨肉真。
百事萦怀惟画债，一生守拙累家贫。
而今赖有诗囊在，身外浮名且让人。

洞仙歌

兴化友人赠郑板桥集木刻本

秋冬病患，精气未相摩。深夜痰多虚喘过，听高楼歌管，异邦曲踊，怎奈俺无心赏乐如何。　　家乡木板刻，郑燮板桥，却使我开颜抒气多。二百余年前，兴化乾嘉，率真写，音布骆驼。更抒情才墨见真心，还有那道琴，拍歌一个。

忆秦娥

怀人

无从事，相思总是多年好。多年好，十年易过，倩影缠绕。　　重逢不得今生了。相思命笔诗难草。诗难草，扬州明月，海天浪啸。

翠楼吟

喜读于在春兄寄来新著《聊斋全译》

春冷京江，陶庵张岱，当年颖怪曾赐。旧籍三千载，渐戎马诗书吟吹。遍天地，须弥芥末，风情致细。　　书中虽有狐仙，却婉音飘渺，都随人意。鬼亦通人性，竟诗赋缠绵万里。毫耋夜深，能翰墨怡情，功在后裔。淞江上，浦东兴港，宝山钢霁。

注：三十年代初，初办《写作与阅读》杂志时，我与于在春兄时常见面，当时读《陶庵梦忆》一书，颇得于兄指点，后在抗日军中，虽兵荒马乱之际，那本清末民初诗人墨迹本，迄未丢掉，乃知破古文古诗难读关，为我们这一代人的重大任务。费德林于俄文本《中国文学史》中以较多篇幅讲述《聊斋》，他认为这是世界短篇小说的精华。青年时喜读莫泊桑，教书时常推荐契诃夫，《套中人》、《某中士》均有字少情深之味，《聊斋》或则有以过之，虽闻有糟粕，固甚易识破耳。

少年游

忆昔

烟云西去，东单诀别，何处再重逢。瘦湖春梦，香笺密语，叮嘱任西东。　和平里巷，缠绵病榻，车驶影无踪。观音香会，沪滨江上，难得细心从。

读《千家诗〈汉英对译本〉》中陆游《秋思》竟能治失眠，书此志感

爱国诗人陆放翁，毕生书剑未成功。
数言点出中华骨，受用终生乐不穷。

注：这诗首二句为“利欲驱人万火牛，江湖浪迹一沙鸥。”英译为“Avance send men mad just as fire drives ten thousand bulls, Roaming everywhere one can be no less free than a gull.”这两句可概括为我民族文化之精华。如“不见可欲”，“无欲则刚”，“毋必毋意毋固毋我”，“无我相，无寿者相”，“道法自然”。治失眠，治抑郁，治红尘滚打狂。其中的上进心是蕴藉甚深的，陆游正是一辈子图恢复中原，为宵小所嫉恨，而投闲置散的。其中有“用之则行，舍之则藏”，“先天下之忧而忧，后天下之乐而乐”的含意，正是这一些古人构成了我民族的脊梁骨。假如大多数读书人都变成一味模仿的利己主义者，享乐主义者，那就家不成家，国不成国了。可不深思么？

[越调]天净沙

怀上青六兄

当年闾里东关，望中渺漠归帆。今日阳光满眼，何来新雁？读诗泪洒窗栏。

［双调］［雁儿落］过［得胜令］

怀老伴胡齐德

花开似杜鹃，花落同梁燕。箱箧付流云，十年真一箭。留下种花钱，德外诗成园。挥笔诗成画，孙辈学耕田。床边，放一册超逸陆游篇。窗前，写几句《梓人》柳公传。

注：柳宗元《梓人传》具系统工程论之雏形，为促进经济发展的分工综合论。有一种妄人，要人们什么都做都学，那又是一孔之陋见。

采桑子

毛主席百岁颂

毕生忧患多潇洒，信笔临空。寰宇惊鸿，华夏擎天一柱通。　　诗词余事琳琅寓，毓秀湘风。战马西东，泼墨丹青山水龙。

梦翰文选

关于游记习作

（一）医治文思枯窘病

国文教师沉静地跨进了门，几十颗幼稚的心灵只是悬悬地摇晃个不定，教师拿起粉笔在黑板上写了一个“立志论”或是“节约运动与民族复兴的关系”之类的题目，大家身子好像骤然落在冰水里似的，失去了控制自己的神经的能力。有时，大家竟面面相觑，毫无人色，但只得哑口无言，将头埋下，像榨油一样地尽情地向外去胡思乱想，你看他那样抓耳搔腮，摇头摆尾，满以为都已经想到了一些“什么”了啊。时间过去得很快，一小时只刹那间便过去了，你不妨跑到这些同学们的桌边来瞧瞧，一定会给你一个很大的失望，就是真真拿起笔来写的常常会是极少数，而后教师自然是慌张万分，只得向同学们下“哀的美敦”，说什么“下了课就不收卷了”！大家在这种严重的威逼之下，眼睛一闭,前面一团黑,拿起笔来只得写了,东扯西拉,几种不联串的思想,将它排列在一起,并此也不过只有二三百字。假如教师们一定要固执他的出题目的成见,到了一而再再而三的时候,同学们一定会请他另来一个的。同时,从经验中晓得:老是出那些论说文题目的结果,必定要陷于"师生两困"的境地:学生大家都害起文思枯窘病,而先生则遇到普天之下最难改的作文了。

如此说来:我们便一辈子不叫学生做论说文了。我肯定地回答:我不是那个意思,我的意思是要叫同学们像爬山样,慢慢地循序渐进,有一天总可以登峰造极的。

然则,我们要怎样办,才当得起一条可以高攀山岭的道路呢?

这儿,我们有从较远的地方谈来的必要:试问一个小学生,在小学里他会阅读过一些什么书籍呢?他们的国语教材,多半都是关于记叙文一类的,如戚继光怎样抵御倭寇的历史故事,如无锡鼋头渚的景物描写:当然有人可以提到他们的课程中也有公民之类的课,那种课本里面也讲到关于人生修养的话,还有社会科的史地,不也可以告诉他们一些时事的基本常识吗?然而我们应当记牢:决定学生写作能力的,固然是他的阅读过的书籍,而“死记”而已。试想想:一个十多岁的中学生,自幼生活在家庭里,稍长生活在学校里。并且在目前,大凡是上得起学校的,家庭所对他们的态度,又多半是娇生惯养,这样的结果,使他们的社会经验格外狭小,他们所接触到的人物是有限的,他们所见所闻的事物几乎都是一成不变的。以他们这般可怜的社会经验,叫他们阅读那些硬性理论的书籍,所以不得不是“生吞活剥”。当讲到东汉末年,许多刺史联合起来攻打董桌时,一个女学生站起来问,“但他们大都同床异梦”这句话是什么意思?先生当然尽量将当时刺史们各自的企图拿来细细解释,然而“同床异梦”,这一成语之所以构成的原始的意义,只好付之阙如,因为那女同学的社会经验还不够了解那成语的原始的意义。假如硬要叫中学生去做什么“人生修养”与“天下大事”的文章,不啻叫他写一些“强不知以为知”。这样写下来的结果,怎么会头头是道?

可是教师如今高兴出一个“北郊之行”或是“南郊游记”的话,则同学们的眉飞色舞的表情一定会洋溢出来,而各人的笔端也不会像昔日的那般生涩,他们变成有话可说的,不管那话说来是否妥当。批阅卷子的结果,常常会发现有些不少的佳作。

游记习作,在许多种类的习作中,是最受学生爱好的习作。所谓最受学生爱好者,就是学生的社会经验阅读知识最能应用得到的习作。所以我说:游记习作,是医治文思枯窘病的一贴最好良方,是攀登文章高峰的一道最佳捷径。

再举一个实际的例子罢:我的最要好的同学陈君,当他只有十三四岁的时候,曾经和四个同学共同作了一次楼霞的游览,他回来就做了一篇"楼霞之行",记叙他在舟中火车中山上所见所闻的风物,那篇文字后来发表在校刊上,到现在想起来,这是最清利的散文,就在那么很小的年纪,藉游记习作的功力,将他写作文章的才能公布大众,而他个人由此便成为一个最有写作兴趣的人。同学:你们可否对于自己写作能力的缺乏感到苦闷,是否想成为一个可以随心所欲地发表自己的思想和感情的人?唯一的路:向着"游记习作"上去认真地做吧。

(二)最活泼的题材

同学们常常有个问题放在肚里:文学是什么?

简单地回答:文学乃是描写人间生活,并且批评人间生活的。用历史的眼光看,人类生活方式有进化:用地理的眼光看,各民族风俗习惯有不同;于是文学作品乃留下了多种多样的摄影,而从那许多影片里面,一定又生出各种感想各种见解。担任摄影这种工作的常常是小说,而抒写那种感想和见解的文字,普通称作散文。但是,既能做摄影工作,而又能抒写感想和见解,并且常将之糅杂在一道的,便是游记。我们自幼写文章,常为题材所限,不能畅所欲言,然而游记即是我们表露心胸的一个最广阔的天地。

广义地说:我们的一生不就是一部游记吗?今天跑到东,明天跑到西,有时浏览山川,胸襟空旷,有时衣食奔走,穷促潦倒,有时在江上看到微雨霏霏,想到"江雨霏霏江草齐,六朝如梦鸟空啼"的诗句,有时遇到成群的灾民麇集在车站旁边,好像真的体验到白居易的"今岁江南旱,衢州人食人"的境界,有时更值热情朋友,煮出亲子饭来接待你,那种"夜雨剪春韭,新炊间黄粱"的人世味,才咀嚼着一个痛快。

只要你生活在这世界上一天,你总得见到一些,听到一些,想到一些,不管他是属于那一类,赶快将他捉住，写下来便是游记。

我们可以拿《老残游记》和《中国的西北角》二书，作为游记新旧二种的示范。只要将《老残游记》上的第一卷和《中国的西北角》里的祁连山北的旅行一章，展览一下，看看他们的笔端究竟涉及那几方面。

先看《老残游记》的例子：

忽听一声渔唱，低头望去，谁知那明湖水已澄清得如镜子一般。那千佛山的倒影，映在湖里，显得明明白白；那楼台树木倒影，也分外光彩；觉得比上头那个千佛山更加好看，更加清楚。（属于自然景物的描写）

仿佛有一点声音，从地底下发出，这一出之后，忽又扬起，像放那东洋烟火，一个弹子上天，随化千百道五色火光，纵横散乱；这一声飞起，即有无限声音，俱来并发，弹弦子的，亦全用轮指，忽大忽小，同他那声音相和相合，有如花坞春晓，好鸟乱鸣。（属于歌曲音调的描写）

这上房住的二个客人：一个姓李，一个姓张，本是极倨傲的。今日见钱先生抚义如此契重，正在想法，与他联络，以为引階，托他谋保举地步；郤欲遇老残借他中间请客，自然是他二人上坐，欢喜得无极；所以席间，将老残恭维得浑身麻木；也没有法，只好敷衍数语。（属于人情世故的描写）

这吴氏是极贤德妇人，她天天到站笼前来灌点参汤，灌了回去就哭，哭完就去乞求人，磕响头，想法子，总没有人挽回得动这王大人的忍心。究竟于朝栋高了年纪，第三天就死了。于学诗到第四天也死了。（属于残酷官吏的描写）

在这儿，我们已经看到关于自然景物，歌曲音调，人情世故和残酷官吏的种种描写，当然，比起那些只谈山岭系派，河道支流的《徐霞客游记》之类的书，要高出若干倍，但就现在的眼光看来，它的范围还没扩大到最大极限。我们现在再来看长江著的《中国的西北角》吧：

二千年以前，这里还是突厥族的匈奴占领的地方，汉武帝时霍去病赶去了祁连山北的匈奴，汉民族才扩张到弱水流域来，设了武威，张掖，酒泉，敦煌四郡，把这些地方改为内地，张掖一郡，特别重要。所以取名张掖的意思，是“张”中国之“掖”，西通西域，以断匈奴与藏族的联合。（属于地理沿革的探讨）

对于这种无情的强力掠取，实在没有支付的能力。但是“提成”制度奖励了县长的狠心，各种严刑重杖，在县政府中毫无顾忌的施用起来。张掖代人受杖一次的代价，是铜元两千文，约合大洋二角七分。如果被衙门里当时打死，这两千文仍属被代替者所有。（属于黑暗政治的调查）

三道沟之缠商来往者颇多，他们赶着骆驼队或者毛驴子队，穿过沙窝戈壁东西运送。他们性情忠厚驯善，身体壮实，青年男子和少女颇富欧洲人的美丽。（属于民族风俗的叙述）

长城在甘肃境内，全为土筑，故损坏甚易。山丹境长城，已十塌四五，余者亦有不可终日之势。由此推想过去之新筑与培修、不知耗去多少人力，牺牲多少民命！帕克尔著匈奴史说：“长城者实一大血缘也，埋骨其间，无代或绝，千余年来，魂绕边塞者奚止百万！”

诚为有深见的论说。(属于古迹凭吊的抒写)

我们看到以上种种,才晓得游记题材中可以包容得了如许众多的文字形式。在某些部分,的确已经到达了“夹叙夹议”的阶段,惟其是如此,所以读之令人绝不感到枯燥无味。显然易见的,游记所以变成这般最富于活泼性的东西,也是由于时代进化生活繁复所趋使。单记叙山川景物,如《徐霞客游记》,这是属于最初期的游记题材。用至《老残游记》,已经将内容扩大到社会生活的描写,但是“铁补残先生”的笔下,终归还是在那里“记”;而到了《中国的西北角》,则既描写又叙述,并且还带着见解来暗示一些意见了。这些将“记”“论”糅杂在一处的游记,(当然“记”在当中还占着领导的作用),是游记题材中的极致。然而这种最活泼的题材,也还是现代文学作品中才发现的,所以同学诸君,绝不能放弃这个颇易于走上文章大道的捷径,要诚恳地学习着写才好。

(三)几种写法

游记题材虽然对中学生的习作最为“与之所

近”,最容易于无形中发掘出一些颇有写能力的天才;但是在这儿,适当的指导仍然是必须的。下面所写的几个步骤,可以说是慢慢给摸索出来的一些阶梯。

游记习作中,最容易为学生接触到的,首先就是“写所见之景物”。走到郊外,满眼看到的都为一片新鲜,这在终日坐教室的青年是最容易觉察到它的兴味的。他们拿起笔来写了,不消说开头就写这部分,也许一直就抱住这一面写,他们的笔尖不晓得扩张开去。原因在哪里呢?他们那些幼稚的心情,在游览的时节只是注意于游览本身,而忽略了当时情景的深深把握。假设再要叫这部分同学,自动在游览时节注意搜集写作材料,那更是“难上加难”了。

第二个步骤同学们也还易于做到,那就是“写所闻之景物”。杨柳枝头,黄莺乱叫,湖边树下,少女弹琴,同学们的笔头,在这些经验方面也决不轻轻放过。写所见所闻之景物,这两个步骤,在游记习作中可称之为第一阶段。同学们切不要以为:第一阶段一定是幼稚的,是不会写出什么好文章来的。我得申明:我的意见并不是那样。我乃是说这种第一阶段,在写作的层次方面刚刚才触到题材的表皮。这里面还有肌肉，还有骨髓，关于这留待下面讲。我们看：有人表皮粗疏，有人表皮细腻，这里面亦颇大有分别。就单单接触表皮，文章本身也是有高下的。

第三层就要算到“写所见之人事”。由景物到人事，这是一大飞跃。景物局限于自然界中，人事则为社会生活，游记中除去描写风物而外，还能注意人事变化的形形色色，所写的对象既然是个开展，因之写就的形式似乎也格外引人入胜。如像寒冬的街头，蛰伏着无言的乞丐，清晨的早上，嘹亮着军队的号音，影戏院中，无数的绅士太太们的仪容谈吐，河岸两旁，数千名濬河工人们的生活姿态，何处不都是游记里的上好资料，惟在我们细心地搜检罢了。

第四层也还是写的人事，却是写“所闻之人事”。这一套方法，目前小说上很留行，简单地说：就是“故事套故事”。游记当然经常地是以第一人称（我）来写的多啦，这个“我”在文章本身来看，显然已经是故事的主角了。但这个主角，常常会在街头，遇到那些落魄的穷寒士，他会在人行道上用粉笔写上一大篇，还不算数，有时更两泪簌簌地道出了他生活的历史，他怎样落难下来的。主角听了当然很受感动，假如将这段记叙下来时，就“写所闻之人事”了。童年交好的朋友，数年后两方面所处的环境会迥不相同，例如我小时会经常常在一起踢毽子的同学有一次竟坐到他拉的黄包车，他向你娓婉地将他的状况报告出来，你真的会觉得异常难过。类似乎此的遭遇，同学们一定是颇易于受到的，只要将那种情形很忠实地写下来，必定是很动人的。写游记而进入到第三第四步骤，那不啻已由表皮进一步，直接触到肌肉的纤维了。

在人体组织上，肌肉虽然已较表皮深入，然而同骨髓比起来，还是不足道的。要摸着人体中的骨髓，在人体解剖的过程当中，也非一件轻而易举的事。游记习作上，当作骨髓看的部分，究竟又是什么呢？那就是算作第五个步骤的“写所见所闻与曾遭受过的经验之关系”，和第六个步骤的“写所见所闻与曾读之书的关系”。

先来谈第五层。假如游记的作者，一向过的都是城市生活，颇感厌烦，一旦身入乡间，自觉到了另一天地，对于这新天地中的一切，不消说自然很感趣味，并且不由而然地要拿过去同城市中的一切来相比较，发现哪些是优点，哪些是弱点，这当然是意中事。

书籍是人类传留经验的工具，有许多的经验，我们虽然没有身受过，但是古人却深深地领会过，他们很忠实地将那些曾经领会过的滋味留给我们来重行咀嚼。也许那境界和我们所身受的一模无二，也许是大同小异，或者竟迥然不同。我们在这种地方，可以摘取得来，比较反驳和论证。上述种种，便是游记题材中的第六个层次了。有一次我乘内河轮船旅行，适逢大雨，我记叙时便引了蒋捷的听雨词："壮年听雨客船中，江阔云低断雁叫西风"！虽然所处空间不同，那儿没有大江云暗和零雁西风，而那种壮年奔走四方的胸襟，却给蒋捷一口道破。由上看来：游记题材，写到第五第六的层次，实已到达了它的最高峰。我现在再征引一篇初中学生的游记作为上述理论的全盘示范吧：

高桥游记

这一日，天气晴明。出得城来，一路上只是枯枝败叶，无甚值得观赏。（第一）从那个跨着邗沟的高桥走过时，一声声的钟声打入人们的心扉。（第二）乞丐充斥了那个市镇，好像是专为拾取"财神"香的小费而来的。（第三）无数的男女老少在泥途中跋涉着，有的甚至互相埋怨:“这有什么情趣呢?不如在家‘砌城墙’来得好”。(第四)从这些地方看来,好像中国将要永远地陷于因循和愚昧的境界。(第五)高阜上可以还望上方寺,那种颓垣败瓦的神情,似在为它自身的遭遇而叹息。(第一)晚唐诗人张祜,有一首知名的绝句:“十里长街市井连,月明桥上看神仙,人生只合扬州死,禅智山光好墓田。”一面望着垒垒的孤塚不禁起了一种无名的惆怅:那些娇美的“神仙”呵!何处是你们的归宿。(第六)

这种全面发展的游记,同学诸君也不必故意模仿,但假如将这六种写法,灵活地运用起来,是可以写一点较为出色的作品的。我自始至终就叮嘱:不一定在一篇游记上,要将这六套家伙全盘运用,有时只要摆出三四道,甚至一种法宝,只要用心写得细,便得了。也不必依照如此顺序排来,颠倒重叠,全在你的善用!

(四)从描物绘景到说理论事

上面对于游记习作的各方面,已经写得不少

了，然而还是“意犹未尽”。

因为我打这篇文章的一开始，就表示叫年青的中学生做论文，是不啻叫他写些“强不知以为知”的闲话。对于习作本身的教育意义，可以说是丝毫不相干的。那样说来：是不是要中学生一辈子只会写些“天蓝地黑”之类的描写文字呢？我们当然要反复着肯定地回答：我们的希望是要每个中学生都能写得出尚好的论文来的。

现在的论点得集中起来：一部分人认为要叫学生学写论文，首先得经常地阅读那些人认为最美好的文章，如《古文观止》、《古文辞类纂》。实际上，我们晓得这些文章，有的只是空架子，大都是属于“言之无物”的。另一部分人的眼光则不然：认为先教学生描写实物，预备为将来做理论文字的基础。我们现在看得很清楚：提倡游记习作，特殊在班级较高的学生当中，注重我所说的第五第六步骤的训练，这样慢慢进步的结果，学生们无形中借此渡筏，可以达到做论文的彼岸。

这又怎样讲起呢？

我们晓得：做论文并不是一件艰难而神秘的工作。拿游记来和论文比：游记不妨认做“由小视大”，而论文呢，正相反，却是“由大视小”。游记是从散碎的事态中发出整个的感想，而论文当是具备了抽象的原则来找寻具体的实例。如此说来，论文和“游记的最高形式”竟是本家，他们的血缘异常相近，若照我先前所说的几个步骤认真做去，不愁不能写出说理论事的好文字来的。

论文常常需要一个以上的见解，来反复讨论，支持某一个见解时，又需要一个以上的实证。常常作游记的结果，一定会从各式各样的现象上，生出一些不同的感想，它帮助了做论文时搜集实证材料的困难，它使作者在论文上所支持的意见，获得事实的根据。

过去做论文的态度，常常是严肃，然而严肃的结果，往往陷于枯燥乏味。常作有声有色的游记文字，其结果一定使说理文字，写来生动不少。要做到那种程度，那种“深入浅出”的程度，才是目前论文的理想形式呢。

一个学生曾经在“北郭之行”这题目之下，写出了如此出色优美的文句：

> ……扬州是自古以来的繁华地，鲍照《芜城赋》道出的“歌吹沸天”的境界，直令人空怀无穷的恋慕。一千年就像一霎眼似地无声息

地溜过去，又到了一九三五年之春：柳头的嫩绿依旧是那样惹人，嘈杂的昏鸦仍然是这般聒耳，可是隋堤畔如云的锦帆，雷塘旁似花的宫女，而今竟何处去了，而今竟何处去了。……

既可以写出这般诗意葱茏的游记，这学生在另一个论文题目“谈保存古迹”之下，他的笔又是这样头头是道的：

……我们只翻开历史：几乎立即就可发现到一个事实：社会的进化伴随着战争，战争的发作带来了破坏。就先以我们的扬州来论吧：有史以来通过扬州的战争，恐怕总不下数十百次，惟其有着“烟花三月”和“十里春风”等等有名的诗句，在战争的当儿，很容易地被认做破坏的目标。不要说隋唐时代的遗迹，早已为游人所忽略，就是乾嘉时代一的名园胜景，而今也需要六七十岁的老人，在夕阳斜照中来依稀指点。洪杨之乱的战祸，几乎将我们扬州一扫而空，将那些曾经费过千百万人的汗血所堆砌起来的文物湮埋在地下了。……如此看来：要保存古迹，只有彻底的消灭战争，将这世界装点成和平的乐园，一到那个时节，管他千万年的变化，只要我们不居心改造它，古迹是可以依旧如初的。……

我们读着这两篇文字，一时几乎不能识别哪个是采取的游记体，哪个是采取的论文体。两篇文字都是注重在写我所说的第五第六两个层次：写所见所闻与曾遭受过的经验之关系，写所见所闻与曾读之书的关系。论文是需要事实做根据的，游记习作的结果，提供了作者很多的事实，来作出论文题中的结论。我们还可以告诉大家，如：乞丐蓬户的生活素描，对于经济方面的论文提供出了材料，人情世故的各种透露，对于道德修养方面的论文备办了无价之宝。俗话说的好："聚沙可以成塔"，实际上游记习作就是聚沙的工作，而论文的提供乃是塔已举行落成礼了。我们不要忽视聚沙的工作。有人以为聚沙的工作是屑碎的，成就是很缓慢的，他们的性子很急，一定要强迫学生做搭空架的工作，根基不稳，空架随时可以坍败。韩愈只顾自己说得痛快，"大凡物不得其平则鸣"，黄莺儿歌颂春天的早晨，是不是也属于不得其平呢？我们现在应当觉悟了，要做论文必须准备好了材料，不是空口可以说白话的，那种古代文人近于诡辩术的“眩奇惑世”，我们现在绝对不需要了。集聚一粒粒的沙所筑成的塔，才是坚固得难于推翻的。

李白说：“夫天地者，万物之逆旅，光阴者，百代之过客，而浮生若梦，为欢几何？”

他的话虽然渗透了佛家思想，但是人之一生就是部旅行记，这话是颇可以说得上来的。今天在这儿读书，明天到那儿工作，谁能保得定？在这一段旅行当中，有人是热烘的，有人是寂寞的，管他热烘寂寞也好，拿出你的摄影机吧：对准镜头，发出感想，或者因之你却发现出什么理论。因为它是事实中产生的，也许那作品竟可以不朽！谁能料得定呢？谁能料得定呢？这儿是一条有层次的石阶，同学们，努力向上爬！

（《写作与阅读》一卷五期）

最近的期刊

中学生的课外阅读，假如不由教师硬性地指派他们读些什么，而由他们自己自由选择的话，无疑地他们都在嗜好着文艺书籍。由于阅读经验比较缺乏，他们常常像在暗中摸索着。同时，目前的中学生，几乎全为课程的重担压扁了，哪儿来时间阅读那些长篇巨著呢？在这种情形之下，文学类的杂志便成为他们翻检的中心了。我现在愿意做这一份工作：即站在中学生的立场上，将几种比较流行的文艺杂志，给它一个普遍的阅读，尽我的可能指出哪些对于我们的中学生是比较有益的。

《文学》（八卷四期）：《蒲公英》这篇创作的确如编者所说是“题材新颖，笔法爽利”的作品。作者运用他对于植物学上的广博知识，以一枝委婉曲折之笔，象征出人世的一些必然现象。然而我们读它时，却需要绝大的忍耐，因为那些繁复的植物名称及其性格，也得细心搞清楚。续登的《金田村》这个七幕大史剧，可以看出作者陈白尘怎样很认真地抓紧了那些精彩的场面，并且如何取截那些散布的史料。《松喜先生》和《新计划》同样地洋溢着那种"伤时寄愤"的情绪。欧阳山的《上流人》一篇，所写主角容或真有那样一个人，在普通中学生读其文，却绝难有真实感，或许那里面的对话，卖弄着玄虚的哲理太多，使人头痛。

《宇宙风》（三十九期）：这是一个小品随笔半月刊。为着散文几乎是文章体裁中最基本的形式，我们不能放松它。这一期徐中玉的《谈寂寞》虽然是一篇佳作，它指示给我们怎样将那些生活的隐秘设法明朗起来。《日本最杰出的小品文》，举出春夏秋冬四季的描写例范，我想，对于正沉浸在那写景的俗套泥潭的中学生，实在不为无益吧。施蛰存在《小说中的对话》一文里，提出一个新鲜的见解：就是读者对小说的要求，无论如何总得是"故事"，"与其费了一大堆文字去描写一言一动；而终于被多数读者跳过不看，何如以简洁的文体叙述之，使读者在掩卷之后，有一个想象体味的余地呢？"他以为中国小说若能从这中间蜕化出一个新的阶段，也许可使白话文独得一个新的装束。简单地说：他认为对于四洋那种正格式的小说，我们有"批判的接受"之必要。

《文丛》(一卷二期):这刊物登载的全是创作,并且都是经过严格选择的。《雷雨》和《日出》的作者曹禺,在这一期里又发表了他的另一巨制——《原野》,虽然只刊出第一幕,然而对话的强烈的魔力,使一个读者只有很紧张地读下去,特殊是那风流泼野的村妇焦花氏,她的谈吐动作,令人起一种深刻的真实感。在几篇小说当中,虎跳岩的笔触较为新鲜,语句简捷而有力,具备着苏联作家Babel的风格。成为缺陷的就是故事的本身没有具备什么意义,只不过一个最单纯的横断面而已。《谢落》这篇散文充满了忧郁。这种忧郁细看来,是用轻描淡写的手法出之的。丽尼的《散文诗五首》,也很值得一读。那篇小品,写得亦颇清利。我们不是一向都喜欢做一个很空泛很广大的题目吗?以为那里面可以说的比较多,往往教师出到小题目,便认为无可写,读了《烛》以后,我们可以知道:在一个小题目底下,我们也能够摆出一个规模并不顶小的文章的格局。

《希望》(一卷二期):《在通州》和《夏令营》两篇,可以说是这一期当中的力作,他们所写到的,全是民族危机日益深化的北方,只是前者显示了它的黑暗面,后者显示了它的光明面。两篇都是采取的“报告”的体裁，但将两篇读过以后，我认为《在通州》的笔触较为自然，事实的展开在他的笔下直来直往，给人的感觉是鲜明的，这一篇东西似乎不愧为一篇道地的报告文学；而《夏令营》的作者，虽然很出力地写，有一种“力意求工”的马脚在露着，并且一些刻画人物的部分似乎反给人一种错乱模糊的印象。《艦上》是一篇技术的发展包不住意识的前进的作品。《在裕兴馆》似乎全无精彩，甚至令人对于那故事，以为是属于荒唐的。《科学者》的枯涩不像一首诗，《挑野菜》的“想通俗”也没有取得成功。《家乡》这剧本写得非常松懈。

《中流》（二卷二期和三期）：虽然每本杂志上都登载几首诗，像一件衣裳的花边似地只尽了一些点缀的作用，可读的毕竟很少。《中流》二期郑尚录的《烟袋的记忆》值得推荐：他写得很沉着；未尝苟且，并且对于时下流行的“扯”气，也能相当避免。用祖父的烟袋的记叙，来衬托出我们这民族目前所遭遇的困厄，比较“那儿有着无限的宝藏”等等空泛的老调，似乎突出一步。最后一段：

然而在我记忆中，我永远

忘不了那翡翠的嘴子，
黄亮的烟锅，乌黑的杆……
……“记着，奴隶的我们，
血的债，一定要血来偿还！”

作者这篇未尝引用标语口号，他用具体的形象表示了我们这个民族抗争的时代。《商都的最后一课》给人以真情实境的感触，这是一篇一定要有实际经验的人才能写得出的作品，儿童的口吻每页地学得很像；《长工》同样具备着前者的优点，编者虽指它为一篇报告，其实它不是一篇复录的短篇小说么？三期《红河的黑夜》，是叙述的安南人排华的故事，故事的情节相当紧张，篇中的主角个性一起头就有点别致；这种别致之处，就使得后来的转变——由排华而同情华人——成为自然，这些处所，是我们应当留意的地方。二期三期连续登完的白薇的《我的家乡》，写得还相当流畅，假如你对于那种没头没尾的西洋风的小说有了厌烦的成见，读这类文章是可以相当地调剂口味的。

《译文》（三卷三期）：这一期是西班牙专号。尽管这杂志所做的工作是很踏实的，同时译笔也相当地与五六年前的“硬译”有别。可是中学生一般爱好新闻记者译文的习惯，真还没有普遍的养成。但是《译文》当中也有着比较流畅的读者在；像这一期里一个美国人叫卡乃作的《生灵涂炭的马德里》，就写得易于接近，如"'死亡'在街上昂然地走着，在卧室，在地窖，甚至于地道中，到处找得到他的俘虏。"这类句子，我想是一般中学生可以深刻地领会的。《利安的陷落》，文句相当优美："这儿有的是狂热，炮火。五公里外便是淡漠，日常的劳作。"故事的紧张也能使读者耐心读下去。我见了《西班牙和着魔的森林》以及《最后的通信》，都可以告诉我们一个作者怎样将那些活生生的事实——不久在现代史上成为很重要的一页的——摄取下来制成那些惊心动魄的故事。

《光明》(二卷九期)：首先值得推介的，是《m站》这一篇报告文学。它的内容是叙述一名逃荒的灾民怎样索东南下，而结果遭遇枪杀的一出悲剧，作者写得非常真切，而且所有渲染的描写也做到"确如其分"的程度。《如此东京》算得上一篇带有辛辣味的小品，我们假如味到那种辛辣味，就可以学得着怎样写作一篇不满现实揭露现实的文字。《骆驼之铃》似乎还可上演。

总括想来，这一月中出现的作品，《蒲公英》和

《跳虎岩》是两篇题材笔触都新颖的小说,《原野》是一篇有力的戏剧,《谈寂寞》《谢落烛》和《如此东京》都属于可读的散文,《烟袋的记忆》算得一首比较好的诗,《m站》和《在通州》是生动的报告。我希望大家:时间固然宝贵,总得定期地阅读一些新出的较佳作品。

(《写作与阅读·文章情报》二卷一期)

从理论到创作

青年们不但爱写作，同时也想知道文学上的全盘知识。“先生，什么是文学?”“请先生告诉我古典主义，浪漫主义和写实主义的分别!”做国文先生的大概会有这种经验！对于这些求知欲发达的孩子常常感到不能使他们满足。抽象地来一个解释吧，那可爱的学生的贪婪的目光期待你更具体地给他一些知识。这就糟了，先生用搬“家私”的方法是永远不会叫学生获得整个的了解的。那末还是介绍他看一两本书吧：蒲列汉诺夫的，虞那却尔斯基的，那太艰深，也太零碎，初学者不能从那里面把握着什么，不然就是本间久雄的《文学概论》，但是见解太陈腐，观点也太游离，初学者看过以后只有模糊与朦胧，得不着真实的理解，杂志上的论文更是片断不全，和他们求知的愿望相差过远。问题真彀麻烦，到底用那一本书好呢？现在让维诺格拉多夫著的《新文学教程》替我们解决这个困难。中国的译本有两种，都是最近出版的：一本是天马书店版，楼逸夫译，特价五角；一种是读书生活出版社版，以群译，特价四角。这一本书是最合于一般爱好文学的中学生以及自修青年们读的，其实大学生和语文教师也同样地应该读一读。原书共分五篇，中译本只有三篇，因为第四、五两篇讲述语言，诗歌，纯为语文声韵问题，无法译成中国文字。译出来的三篇第一篇是总论：专讲文学的定义；第二篇是主题与结构；讲到主题的阶层性，思想内容，幽默与讽刺，典型，性格描写，人物说白，本事，写景，全体的结构等；第三篇是艺术作品的风格与形态；讨论到文学风格，作家个性，文学的思潮；古典主义，浪漫主义，现实主义，社会主义的现实主义，文学的种类；叙事的（包含英雄歌、诗篇、寓言、小说、故事）抒情的（包含歌曲、哀歌、赋，）戏剧的（包含悲剧、喜剧、戏剧）和口头文学（包含童话、谚语、俗谚、史谈、歌谣、民歌）等。这本书是文学论的学校教科书，作者写的时候就尽量考虑到学校中可利用的经验，所以叙述非常具体明白。虽然中国的读者对于苏联学生具有的经验与知识还不免隔膜，但是由于作者笔触的流畅，说理的透彻，分析的清楚，特别是引例的充分，已经使读者比看任何一本文学理论书容易发生兴趣了。

我以为征引实例来帮助说明是这本书的特征,读者读以后自然会得到具体的印象。笔者由于时间限制不能把两个中译本都看一遍,但就我所看的天马版,觉得译笔明白晓畅,只要肯细心读,绝不会有生硬艰涩之感。企图对于文学有全盘了解的青年,一定可以从这本书里找到满足。

在本刊二卷二期曾发表过一篇《眼镜的故事》的辅导,让读者先认识这位出色的作者端木蕻良。现在我对读者诸君介绍这位作者的短篇小说集——《憎恨》。这是巴金主编的文学丛刊第五集的一种,文化生活出版社,定价四角。全集包含《鹭鹭湖的忧郁》、《爷爷为什么不吃高粱米粥》、《遥远的风砂》、《万岁钱》、《雪夜》、《吞蛇儿》、《运河的急流》、《乡愁》、《憎恨》、《被撞破了的脸孔》等十个短篇。据说作者是东北人,因此故事大半取材于关外。作者这枝笔所接触到的范围相当地广大:有农村、有都市、有边塞、有监狱、每个背景的描写都适应内容的开展。那些不是千篇一律的背景,却是活的真实的画面。描写人物的技巧,更可以看出作者的天才,无论是农夫,小市民、乞丐、囚犯、义勇军、盗匪,在作者的笔下都有着立体的肖像、独特的性格。人物的对话差不多做到完全是口语的程度，这和张天翼有着同样的长处，并且没有油腔滑调的毛病。每篇的结构都还完整，故事的发展确能停止在 Climax 上。

谁都承认鲁迅伟大，但是他到底怎样伟大，也许有人说不出所以然来。最近出版的《鲁迅书信》，可以使我们更外真切地认识鲁迅。这是搜集自一九二三年到一九三六年鲁迅先生写给人的书信真迹影印成功的。不但他处世认真与对人诚恳可以从字里行间透露出来，并且鲁迅个人思想发展的过程，以及他对于自己所信仰的真理的虔诚态度和不屈服任何权势的精神也可以从这里面找到一个明确的轮廓。可惜书价太贵，一般读者无力购买。同时我以为纪念鲁迅先生应该有更多有意义的工作可以做，主要地还要注意到所做的工作对于群众的影响。我们需要把鲁迅的伟大建筑到群众心头去。

《文丛》八月号一到手，我首先以最大愿望把《原野》的第三幕读完了。关于这个剧本的结构、写法几乎找不到什么话可以说，尤其是作者那种强烈的笔调，富于戏剧性的故事的发展，以及动人的对话，充分表示了写过《雷雨》《日出》的作者曹禺先生创作实力的丰富。《原野》在技巧上不曾失败，它把人的情绪吸引住，从开头起，就愿意一口气读下去，刻画人物的个性，的确“活灵活现”。老实说，笔者对于焦母仇虎焦花氏这几个人物，是深深地被恐怖、同情、爱好的感情抓住了。不过我还有两点意见写在下面：第一、用幻相现出许多人形，虽然这可以表示仇虎的心理、状态，同时也可以使观众明了过去的情节。然而这样无论如何会引起观众的误解，并且我以为仇虎的脑子里竟会顺序地把过去的情景重现一番，似乎有点机械。第二，第三幕把仇虎的心理写得过于夸张，使人读起来有“冤各有头，债各有主”的感觉。不错，穷苦的人是善良的，一个犯人不见得就是一个嗜杀者，但是过分夸张的结果，倒反使可敬佩的仇虎变成“有冤报冤，有仇报仇”的庸俗的人了。这样，很足以削弱作品的积极的意义。

上一月新诗收获相当丰富，值得提起的有《农夫》（《文学》一卷五号）、《没有翅膀的人们》（《中流》二卷八期）、《莫斯科的丧钟》（《光明》三卷二期）、和《今天我守在山岗》（《光明》三卷三期）。《农夫》的作者孙毓棠采取了每段四行的整齐形式，并且是间句押脚韵。他写出农夫的悲哀；把锄头锄进大地，把汗把泪珠润湿泥土，但是只知道泥土的甜香，尝不着香甜的五谷。这是一个残酷的现实。邹荻帆先生写的《没有翅膀的人》是一首报告长诗，写的是乡村的灾荒和农夫的怒吼。笔力相当雄伟，只是有些地方读起来还不能谐和。许幸之先生的《卖血的人》曾经有人采用作中学校的补充教材，使那些中学生们感动得流泪。这里《莫斯科的丧钟》告诉我们作者作风是转变了，自然，也许因为这首诗的特色，同时我们也不能忽略重叠的美。《今天我守在山岗》的作者，他肯把笔接触到国防前线的战士，而且以诗的形式表现出来，是值得注意的。“我守在山岗，大青山和她的儿也醒来了”，我很爱读这样的句子。这几首诗告诉我们一个事实，尽管废名先生们在提倡一种令人看不懂的诗，而大半的新诗作者却采取了现实的题材。

上个月的小说也不吝啬地提供了几篇可读的作品。蔡天心的《东北之谷》（《文丛》一卷五号）写出我们东北穷苦同胞的倔强，使我们意识着敌人并不会征服那些坚强的汉子，“死”不但不能镇慑所有的人，有时会逼得人把“死”当做换成光荣的手段，朱龙老丈便以这样的姿态出现了。王轲的

《涛》(《文丛》一卷五号)写得真有力:那许多受死刑处分的人好像都变成了“杀身成仁,舍生取义”的英雄。莎寨的《四月的苜蓿风》(《文丛》一卷五号)反映农村的饥荒颇真切。姚雪垠的《选举志》(《光明》三卷三号)选了一般人所忽略的题材,当然作者所写的国选情形是有地方性的。《东平的寂寞的兵站》(《光明》三卷二号)写一个人悲惨的遭遇,还能抓紧读者的心。《青苗的开顶》(《中流》二卷八期)取材颇有点像端木蕻良的《吞蛇儿》,写得真“不孱头”。“开顶”要饭的花子,用流血博取人们的同情乃至威吓人,这种可怜的心理,亏作者描摹。我说这篇写得确实好,可是编者先生对于它似乎并不曾给以适当的注意。葛琴的《磨》(《中流》二卷八期)手法很好,也可一读。

其余《光明》三卷二号郁伊的《在班船上》,和《中流》二卷八期望水的《图样》的确都是好速写。靳以的《叫卖》(《中流》二卷八期),李广田的《扇的故事》(《文丛》一卷五号),齐炯的《夜》(《光明》三卷三号)都是不错的散文。

最后我想提到端木蕻良的作风在《三月夜曲》(《文丛》一卷五号)这篇小说上有转变的痕迹,我们很希望这位可珍贵的作者不要成为穆时英第二。另外还有些作者在创作时太会机械地运用社会科学常识，不肯经过形象化典型化的艺术过程。如金丁的《重逢》（《光明》三卷二号）就是一个实例。

（《写作与阅读·文章情报》二卷四期）

光荣的殉道者

人之生死，本是极其平常的事，因是而起的欢乐与哀愁，一般都不易超出家族关系与经济利害关系。这是普通“老死牖下”者的法则，是人生过程中无可挽回的悲哀。可是为着真理，为着人类解放事业而流了最后一滴血的勇士则不然。首先，他们具有了最崇高的政治理想，又在实践中促进了他们所怀抱的理想，待到最后，为残暴的反动者所毒害的时候，他们未尝临难图苟免，这种大节凛然，视死如归的革命气节，这种刚猛勇毅的战斗精神，使他们成为光荣的殉道者。顾、郭两位同志都是为民族解放事业与人类解放事业作了牺牲的光荣殉道者，他们的死，不仅引起他们的家族的哀愁，而且使伟大的革命事业遭受了损失，许多同志和民众的怀念，将要历久而不衰，这是很难得的事。

民元老兄，和我的六哥上青，在青年时代就影响了我。他在文化工作上的业绩，在他的自传上已经叙述了一些。他的新旧文学的造诣俱很深，切记得过去在《写作与阅读》上所作的鉴赏辅导，一篇梭罗柯夫的《父亲》，一篇《书经》上的《牧誓》，他所作的详细解释，简捷扼要，兴味淋漓，这帮助了青年的阅读。他给青年的影响很大，好多同他在一道过过教学生活的青年，借此踏上革命实践与认识真理的道路者，真是不一而足。今天的四区，丧失了这样一位进步的文化工作者，实在损失太大，《敌后文化》这杂志是他所发起，可是他却来不及看见它的出世，他到启东去做行政工作，确是怀着满腔的热望，这热望他的长诗《新土》可为证，一想到这些热望都未能由他的手去完成，自然让人难过。

郭同志比民元兄更年轻，在南通地方武装工作上贡献甚多，正因为他的勇敢，正因为他的疾恶如仇关心民众痛苦，所以他才能身先士卒，结果陷入重围，遭了顽固派的毒手。

中国社会与历史的特质，决定中国革命的长期持久与特殊艰苦和残酷，两位光荣的殉道者虽然作了先驱，但有的却是无数觉悟的知识分子与工农大众，他们会像巨人一样地慢慢站了起来，把那些“吃人不吐骨头”的豺狼虎豹一扫而光。打出一个光天化日的乐融融的天下来！今天，我们纪念两位殉道者必须以无比的坚定，来加速完成我们四区和苏北的抗日民主根据地的建立工作，这样，才不辜负他们的牺牲，让他们在九泉之下含笑。

（《东南晨报》1941年4月3日）

［附］胡荻《悼民元老哥》

你是峰的知友，当你到我的家乡去看他们弟兄的时候，我还不曾认识峰，不久从文章上认识了你，更从别人那儿知道你的风采修养和革命历史。

去年春间，峰由内地回到上海，本打算带我和小儿一道回广西去；后来因事稍稍在沪上勾留，接着宁波封锁，只好寻房子住下了。正当大热天，忽然接到你的快信，叫我们赶快过江去，那会我们什么也不考虑，只希望同你见面，主要是因为你的好友我们的六哥上青已经死了，我们希望你能做我们第二个六哥，来吸引我们前进。

坐在江上的汽船舱中，在土车的颠簸的旱路上，汗流湿了我们的单衫，可不难受，因为一听到峰讲你高高的身材，长长的曲发，走起路来带着诗意，说起话来爱寻开心的样儿，就令人兴奋起来。

到海门意外的扑了一个空，我们宿在那空无一物的学校宿舍楼上，对着咽咽蚊虫，叹息我们的机缘不巧，因为前两天你竟走开！没奈何，只好再赶上我们漫漫的长途。在启东的两个月，因为政治气压很低，我们的教书生活简直是味同嚼蜡，索然寡欢。

后来接到你的电话，叫我们赶快到海门去，我们实在太高兴了！

在海门不满两个月，但是在工作上很有兴趣，阴霾满布的苏北上空已经明朗化。所以当你要峰同你同归启东去时，峰有点踌躇，一方面不愿意离开那班热情的工作同志，一方面又不愿意失却同你在一起的学习机会，为了自己的进步，终于不得不离开海门。

我们曾经备了你要吃的家乡菜，在动委会的小楼上，静听着“独……”的摩托车的声音等候你来，可是因为忙，你一直驶到县府随即就又开往启东去了。只是在电话里听你很匆忙地讲了几句，叫峰即日乘二等车赴启。

你虽然使我们失望了，但是我们并没有觉得什么，因为我想我们不久可以长处在一起，欢乐正在后面呢。

一个晴朗的午后，刚从外面回到小楼上来，勤务告诉我顾县长来看我，我便立即到专员公馆去。

公馆会客厅里坐了一室陌生的面孔，真尴尬得很，谁是顾县长呢？正在伸长了脖子，寻找一个曲发的人，所幸你很机敏，随即站了起来，一涌而出："我是顾民元！"跟着就表演你开玩笑的天才了："什么时候去启呀？快点去吧！免得电话打得慌。"实在是一个老大哥的态度，不似人家普通初见面的语调。满座都是生疏的客人，我除去增加了一些羞涩以外，还有什么好讲话呢！一个绮丽的幻想，一旦实现，真有说不出的滋味。

等我到了启东，确巧你也来启了，那天的晚饭，吃得多高兴，曾记得我们一道去查岗，夜已深，一无声息，只有我们行走在汇龙镇的马路上，没有一丝风，幽幽地一轮透明皎洁的月，挂在半空，马路上筑着工事，战士的枪闪着光，人影扑地，足音可闻，这情景令人至今神往。

不到一个月，因为顽固派的袭击，我们重又迁到海门，住在专员公馆里。其时我们的心境相当恶劣，但你有解决的办法：或是写诗，或是走着诗人的步子，高唱着"克隆斯达海军"的摇曳的调子，因为峰的歌唱不行，所以你更加起劲地得意地高唱，现在想起来好像仍然是昨日的事。

当顽徐退却，你又重回启东的前夕，你同峰谈了一夜，次晨你来晨报社接你孩子时，我尚未起，只是在没有帐子的床上，风吹破的窗洞里，看见你左手拿着手杖，右手揽着小孩，你有节拍地扬着手杖，孩儿一跳一跳地同着你走了，我以为我们不久就又要欢聚在一起的，谁料这模糊的一面，竟是最后的诀别！

听到你失去自由的消息后，心中虽然焦急，然总以为是时期的长短吧，谁又料到你竟遭此毒手?!

你的苦闷，我们的愤激，总希望在最短期内，能互相见面，洒一些热泪，诉一诉衷曲，想不到我们的泪，流得这般凄楚酸痛！

我念你常常流泪，峰已没有泪，只会读着你的诗歌，悲泣泣地令人难受！你教我孩儿的一首诗，他也常在此际，学你的南通调，不三不四地读念，似乎也在悼你，听了真叫我难过！你受伤流血，终于傲然地、永远地倒下了，在荒野里。

你去了！从今我们又失却了一个六哥，失却了一个好友，一个同志，你在底下有上青兄陪你，想魂灵一定不孤单吧!?

你和我们的上青六哥一样都是文化战线上的战士,一样都以你们智慧的心迎接新兴阶级的革命运动,你们的早逝,不仅使我们哀伤,更增加我们的重荷,我们虽然愚蠢,但决不辜负你们对我们的热望,好多青年在追逐你们走的路,在民族解放运动中,你们流了最后一滴血,你们是光荣的,并不寂寞。

(《东南晨报》,1941年4月3日。
作者胡荻,系江树峰的夫人)

政常观摩教学的一点体会

最近几周内政常科曾举行了观摩教学，从这一工作中，我深深体会到：要把政治课教好，确实不是一件很简单的事。我谨提出下列五点，以供大家研究。

（一）要充分备课，掌握材料。要充满教好的信心，教师应以高度的热情走上讲台。可是另外一面，却也不能不问班级的程度，滥把自己所知道的象开杂货铺似地摊了出来。只有做到上述的两点，才不致落于“照本宣扬”的干燥无味和“不羁奔马”的汪洋无边。

（二）要参考一些有关的文件书籍，使课的内容充实起来，这是必要的。可是在一课内也只能突出一个中心，环绕这个中心来进行讲述。假如不这么做，罗列很多的材料头绪太繁，则一课既过，学生可能会摸不着头脑。自然，为着要把这一中心讲得更清楚更深入，势必要涉及到一些有关问题，否则就显得翻来覆去只是这几句。

（三）我们要认清政治课主要的讲授有关国家目前的各项政策制度与问题。假如我们太偏于过去史实的分析，那便把政治课变成了历史课，假如我们太偏于课文词句的解释，那又变成语文课了。一句话，我们要使政治课成为政治课，在教学过程中显出它的特定的内容与特定的形式。

（四）政治课不是教条的说教，它是要使学生具有一定的政治理论水平，以便他们能在日常生活工作中掌握原则，解决问题。所以我们在课堂教学中，必须针对学生们的思想实际以及社会生活实际，时时发问，启发他们思考作答案；并时时主动地把当前的财政问题和日常生活中的生动事例，来说明其中的道理；这样既可纠正空洞说教的偏向，同时又能使课堂空气生动起来，不再是“填鸭”了。年轻的学生们最需要不断地从感性知识上升到理性知识。我们晓得：离开了具体事物的抽象理论，它本身便是一种空空洞洞的东西。

（五）还有一点，在课堂教学上必须注意的，就是一切讲述不可离开书本或离开书本过远。一个问题一大章讲述，讨论后，凡是结论性的东西，都要要求学生在书上做符号或作笔记，不可放松督促。这一点假如掌握不牢，可能教师在主观上努力颇多，而学生所获很少；还有，使学生复习时有了符号，笔记，也可以有所遵循，而不至毫无依傍。

这是我对政常观摩教学的一点体会，也是我教政治课的主要经验，自然，这只是一个有关政常课教学研究的开端，还希望各位同仁多多指教。（五月三十日）

（《扬中半月》第三、四合期，
1951 年 6 月 5 日出版）

金农论画

谈起清初扬州八怪，一般都把金农写在第一。这位生于杭州而住在扬州很久的艺术家是非常好学的人。他的诗文、书法、金石都显示一种独特的质朴风格。他虽然收藏了金石古书多至千卷，却生活清苦，经常寄居在古庙中。先住三祝庵，后来就死在西方寺里。

最近有机会读到他亲笔书写的札记，经一位艺风老人题签为《金寿门所见古书录》，这里择出几条来谈谈他对绘画艺术的见解。

金农曾看到宋朝徐履所作墨竹画一幅，"用笔疏简，有得风作笑之态，予曾观于听松庵中。"又谈到徐履在殿试之日，曾写竹一枝，题云："画竹一竿，送与试官。"他在这故事里想见到徐履的"高致。"他又考证墨竹画应始于唐朝张立在成都大慈寺所作的墨竹画壁一堵，而不是始于五代的郭崇韬夫人。

我们知道，金农作画是由画竹入手，接着才画梅、画马、画佛像的。金农为什么在清初首创这种画墨竹的风气呢？原来他爱徐履的墨竹画是爱人与竹的风格之高致，他欣赏徐履把竹子画活了，能有得风作笑之态，也就是说金农主张赋画以作者的生命，一件艺术品不能只是自然的简单复制品。

金农又曾在苏州蒋进士家看到宋代甘风子人物一卷，这画他认为高妙极了，画中人“皆奇服、鷊冠、萝带”，很像仙人，可想见画家当时的狂态。他又谈到甘风子平生最喜欢酒，常在大醉后才兴笔挥毫，醉醒后常不满意而撕去，别人想得他的画，虽拿金帛去求，也不易到手。他感慨系之地说道：“今人涂抹一山一水、一草一木，便悬之市肆，以易斗米，画哪得佳耶。”

金农爱甘风子的仙人图是和他爱画佛像有着密切联系的。他爱甘风子的“狂态”，这不正是说明“八怪”之所以被目为“怪”的道理了吗？金农看不惯当时上流社会的庸俗丑恶气习是相当显然的。他痛苦于卖画以易斗米的作画生涯，他以为艺术的商业化只会降低它的水平，他羡慕甘风子的认真不苟的创作精神。我们当然不能“泥古不化”，以为作画写文必求烂醉。从这段话中所得到的好教益，就是必须在酝酿成熟之余才动笔，绝不能率尔操觚就以为是绝妙文章，艺术创作是必须态度谨严的啊。其实当时金农的处境是连“易斗米”而不可得的，当时盐商贵人都不可能欣赏他的画，他曾画了一些灯节时用的灯片托袁枚代他销售，袁枚回信：“白日昭昭，尚不知画为何物。况长夜之悠悠乎。”这就描绘了一代画家在当时的悲惨遭遇。

（《文汇报》1961 年 7 月 9 日）

贺平山新茶

扬州碧螺春新茶问世了，这是一件喜事。

今年春天，我和十多位朋友结伴往平山茶场去，从观音山后走出来，沿着蜀冈的斜山坡，踏在唐城的西南角城基上，面对欧公祠的飞檐翘角，一排排行款整齐的茶树，正吐着绿嫩的新芽。茶园中间和周围遍植桃、梨、苹果、葡萄。采茶的女工们在茶树行中穿梭来往，用绣花般的细工在精心采摘着嫩芽，和我们迎面相逢时，带着劳动的骄矜感说道："谁能想得到黄土山岗变成茶果园哩。"我们才走过去，一片笑声歌声在山中鸣响。

在紫竹林中小坐，欣赏各种试制成的品种，主人用和"天下第五泉"相通的泉水烹茶待客，特别当品啜着出国珍品"珍眉"、"包种"时，大伙儿都有一种怡然自得的感觉，清新甘美的滋味由舌尖达到心间。

扬州在北宋的时候就曾产过"春贡茶"，不过那茶是种来专向皇帝进贡的，因此种植范围不广。

扬州府志载：蜀冈有茶园，宋时贡茶皆出蜀冈，山有春贡亭。《苕溪渔隐丛话》上说："以陆羽《茶经》考之，不言扬州出茶，惟毛公锡《茶谱》云，扬州禅智寺，隋之故宫，旁蜀冈，其茶甘香，味如'蒙顶'（此茶产在四川）焉。"《茶园图经》也说了同样的意思。梅尧臣有诗："蒙谷浮船稳且平，泊登山顶看茶生。"当时造茶的场所，称"时会堂"。欧阳修在扬州任太守，曾在此种植茶树制造春贡茶，而梅尧臣为欧阳修的诗友，用"一意爱君思去疾，不缘时会此中杯"来称道当时种茶的盛举。"世为农家"而驰名北宋诗坛的王禹偁对当时扬州春贡茶种植制作过程有过精细的描写："芽新撑老叶，土软进深根；舌小侔黄雀，毛狞摘绿猿。出蒸香更别，入焙火微温；采近桐华节，生无谷雨痕。"这一历史的遗迹，早已荡然无存。上方寺（即禅智寺）旁，几百年来已经没有茶园的影子了，平山蜀冈附近那儿有什么时会堂、春贡亭的旧址，清代诗人杨濂只能用怀古的调子写道："蜀岭毓灵芽，稽古始北宋。"八百年过去了，今天劳动人民在社会主义制度下，鼓足干劲，光大了古代劳动人民的创造。在荒山冈上建设了一个茶园。新茶的问世同时成了扬州人民的光荣。

我和平山新茶之间的友谊，可以说是更深一层。远在茶场建立之初，就参与扬州能否产茶的讨论，我们几个朋友是知道北宋时扬州产过茶的，因此热烈支持。1959年，在庆祝中华人民共和国成立十周年的欢腾声中，平山茶场把最初采制的少许新茶，送给我们来尝新。我们特为它召开了诗画座谈会，由顾伯逵、包契常、王渥然、万彝香四老合作了一幅“饮茶图”，并题诗说：“谁云茶必产高处，培塿亦能植茶树。谁云茶必产南方，向北推达卅二度。谁云山低水汽稀，灌溉可以代云雾。谁云土壤硬且坚，人工可以解凝固。”这幅画是一件包含着人民的友情和对新生事物的赞颂的珍贵礼品，现正张之于茶场的客室里；国画院的同志还继续在为茶场作写实的画图，我看到董庆生同志的“平山采茶图”，感到笔触灵动，布局开朗。在为新茶命名的过程中，我赞成用“绿杨春”，因为“绿杨城郭是扬州”的诗句素来最富画意，而过去的“绿杨邨”又毁于侵略者之手，易一字而有纪念的意义。扬州本是一个与春天特别有关的城市，让“绿杨春茶”成为“富春”、“冶春”、“共和春”的共同宜人春景。我祝贺它将像杭州龙井、太湖碧螺一样，将和产地的明媚风光一样飞驰寰宇，象平山的苍松一样遒劲，象扬城的春芍药、秋菊花一样繁昌。

我一路贪看景色，诗趣横生，我由莲花桥、长春桥迤逦向熊园走来，索纸以记心声。

“珍眉”“包种”嫩纤纤，品茗平山第五泉，嘉树上方“春贡”香，蜀冈新叶“绿杨”鲜，连天三面红旗举，匝地千林硕果悬，南岸碧螺辉映近，芜城风物丽江天。

（《新华日报》1961 年 10 月 1 日）

论"莎士比亚化"

——为纪念莎士比亚诞生四百周年作

（一）

马克思、恩格斯都很推崇英国文艺复兴时期的伟大作家莎士比亚。根据拉发格的回忆录：马克思曾把希腊悲剧家埃斯库罗斯和莎士比亚看作是世界上最伟大的戏剧天才，他详细地研究了莎士比亚，对莎士比亚剧中最不重要的人物也很熟悉。马克思全家对英国的这位伟大的剧作家都有着一种景仰，他的三个女儿能把莎士比亚的剧本背诵如流。马克思曾用英文研究并分析了莎士比亚作品中一切特殊的语句、语法。他还大量引用过莎士比亚在《雅典的泰门》中的台词，来证实莎士比亚是多么卓越地描写了金钱的本质①。恩格

①《回忆马克思恩格斯》，70—71 页，马克思恩格斯《文学与艺术》，刘慧义译，39—42 页。

斯在1873年12月10日致马克思书中说："罗得利克·本内笛克思(Rode rich Benedix)这家伙出版了一本又厚又臭的书，攻击莎士比亚迷(Shake spearomanie)，他用过分琐碎的细节证明莎士比亚不能跟我们伟大的诗人相比，连现代的诗人也比不上。显然，照这话的意思，应该把莎士比亚从纪念像座上推下来，把R·本内笛克思这个大大的后起之秀安放上去。单拿《温莎的风流娘儿们》的第一幕来说，那里面就有比整个德国文学还多的生活和现实；只要郎思(Launce)一个人带着他的狗克拉布(Crab)，就比所有的德国喜剧演员算在一起的价值还高得多。相反地，这个浑虫本内笛克思大放厥词妄加评论莎士比亚活泼取笑手法，这在莎士比亚常出其不意用来作denouements(戏剧结局)，就这样，本内笛克思数说一大篇可厌的废话——虽然这对他本是不可缺少的一着。Habeat Sibi(随他去吧)。"①这一段话可证明恩格斯对莎士比亚的态度和估价是与马克思完全一致的。马克思主义经典作家也曾对歌德和巴尔扎克

① 让·费莱维勒编选《马克思恩格斯论文学与艺术》，王道乾译，216—217页。

在欧洲文学史上的意义作了充分的估价，但也同时指出他们的不足之处，而对莎士比亚则肯定得较多、较广。

马克思于1859年4月19日在伦敦写给拉萨尔的信中说："无论如何你必须更加莎士比亚化，可是现在你的主要缺点我认为是那把个人作为时代精神的单纯号筒的席勒主义。"恩格斯一个月后，于同年的5月18日在曼彻斯特作书致拉萨尔，进一步阐述了"莎士比亚化"的意义："而您所正确地归誉于德国戏剧的巨大的思想深度和意识到的历史内容，同莎士比亚式的情节的生动性和丰富性，这三者之完美的融合大致只有在将来才能完成，而且也许不由德国人来完成。""古代作家的性格描绘在我们的时代里是不够用的，而且在这点上我认为您原可以毫无害处地更多注意莎士比亚在戏剧发展史上的意义。""依据我对戏剧的看法，我们不应该为了理想而忘掉现实，为了席勒而忘掉莎士比亚。"①

究竟"莎士比亚化"的意义怎样？它包含哪几层意思？我们首先要真正弄懂马克思、恩格斯原

① 马克思恩格斯《论艺术》，33、37、38、40页。

来的意义,同时还要进一步去钻研莎士比亚的著作,究竟莎士比亚的戏剧有哪些特征,在欧洲文学发展史上有哪些积极的贡献?今天,在社会主义文学取得了伟大胜利的今天,研究这个问题有什么现实的意义,它能否为在毛泽东文艺思想光辉照耀下的中国文艺事业提供一些积极的促进与提高的作用?陈嘉同志在他写的《从"莎士比亚化"说起》(1962年3月21日《文汇报》)一文中说道:"很明显,马克思和恩格斯的所谓'莎士比亚化'和不应该'忘掉莎士比亚',指的是莎士比亚能够真实地反映社会现实,把一个时代的精神和它的背景,都通过鲜明而生动的人物形象,全面地反映出来。此外,还可以加上恩格斯所提出的莎士比亚在'性格描绘'上的优点和他的'情节的生动性和丰富性'。"我完全同意陈嘉同志的看法,他就莎剧的喜剧部分来研究问题。这篇文章给了我很大启发。现在我不自量力地试提出我的几个论点。我认为"莎士比亚化"应包括下列几个方面。

(二)

第一,马克思提出的"莎士比亚化"首先包括这样一层意思：即莎士比亚的戏剧作品是当时“巨大的思想深度”的体现，莎士比亚是马克思、恩格斯所钦佩的具有进步倾向性的历史上的大文学家，而他这种进步的思想倾向是在充分发挥文艺创作规律的作用之下得到体现的。马克思只是要求拉萨尔的剧本《佛朗茨·封·西金根》①“更加莎士比亚化”，很明显，马克思还是承认这剧本是有一定程度的“莎士比亚化”的，即在思想内容上，在当时还是有可取之处的。拉萨尔总是接受了马克思的一些影响之后才与出这样的作品。假如不是这样的话，马克思怎么能说：“我一般地还是认为这个剧本是好的，因为我们现在的末流诗人除了光滑的形式以外，再没有别的什么了。”恩格斯也是从这个角度来看《西金根》的，他说：“由于现在文学的贫乏，我很少读到这类的作品，而且我几年来没有这样地读过这类的作品，以致在读了之后能提出详细的评价，发展完全确定的意见。目前出版的乱七八糟的东西是不值得这样细读的。甚至我间或还读一读的几本比较好的英国小说，例如萨克莱的小说，虽然有其不可辩驳的文学和文

① 以下均简称《西金根》。

化历史的意义，却一次也没有引起我的兴趣到这种地步。”可见恩格斯确是把《西金根》看得高于《名利场》一类的书的。为什么呢？这只要看到恩格斯当时确是把拉萨尔当作是接受社会主义思想的自己人来看的：“我是从美学的观点和历史的观点对你这篇作品提出非常高的，甚至是最高的要求，而且只有这样我才能提供一些反对的意见，这正是我十分推崇这篇作品的最好证明。”这意思就是恩格斯希望他遵照文艺创作的规律，即形象思维的规律来更恰当地处理历史题材，从而表达出反封建的农民大众的革命思想。

马克思所以提“莎士比亚化”而没有提“歌德化”、“拜伦化”、“巴尔扎克化”，岂不是正因为莎士比亚是历史上运用文艺创作的规律来表达比较进步的立场观点的典范么？马克思恩格斯所以珍视莎士比亚，不正是由于他表达了文艺复兴期人文主义思想中比较进步的一面么？马克思恩格斯所以要当时作家“更加莎士比亚化”，难道不是莎士比亚正符合恩格斯在《自然辩证法》导言中对文艺复兴时代作家的经典性说明么：“这是一个人类前所未有的最伟大的进步的革命，是一个需要而且产生了巨人——在思想能力上，热情上和性格上，在多才多艺上和学识广博上的巨人的时代。给近代资产阶级统治打下了基础的人物，什么人都有，唯没有资产阶级局限的人。”①莎士比亚用戏剧等文艺形式所表达的总倾向，一般地说是表现了文艺复兴期资产阶级上升阶段的人文主义思想，但就其最优秀的部分而言，难道不正是最初的空想的社会主义者托玛斯·摩尔在《乌托邦》一书中所说的吗？摩尔所以能写出《乌托邦》，是由于当时描写新发现的国家的书给他以启发，书中写了关于美洲土人及西印度群岛土人生活的故事，这些土人“不知道你的和我的有什么区别”，他们共同使用作为公共财产的土地，鄙视黄金和珠宝。莎士比亚在《雅典的泰门》中不是更深一层地发挥了这个思想吗：“金子！黄黄的发光的宝贵的金子！……只这一点点儿，就可以使黑的变成白的；丑的变成美的；错的变成对的；卑贱变成尊贵；老人变成少年；懦夫变成勇士。”《罗密欧与朱丽叶》中买毒药时诅咒金钱。《奥赛罗》中坏蛋埃古老是叫人多带钱好办事。在摩尔的书中可找到当时了不起的思想：“我认为，在还有私有财产制的地方，

①《自然辩证法》，5页。

在一切都以金钱来做尺度的地方，无论什么时候也不能顺利推行国家政务。”①《乌托邦》主人翁希斯拉德说：“你们的绵羊本来是那么温顺，吃一点就够了，听说现在变得又贪又凶，甚至还吃人，把田地、家园、城市弄得荒无人烟。”这儿不叫我们联想到李尔王在风雨中逃难的场面是不可能的。希斯拉德又说，国家“无非是一伙有钱人的阴谋而已，这些人以国家的名义，打着国家的招牌，来维护他们的私利。”②这儿更易令人背出哈姆雷特的台词：“整个世界是一座庞大的监狱，里面有许多暗无天日的牢房囚室，而丹麦又是其中最阴森的一间囚室。”

恩格斯在《给明娜·考茨基的信》中提到埃斯库罗斯和阿里斯托芬，但丁和塞万提斯都是有强烈倾向性的诗人。我想毋庸置疑，莎士比亚自然是包括在这些作家当中，而且应有特殊的显著地位。我们绝不同意资产阶级文艺批评家们所说的莎士比亚乃是抱着不偏不倚的冷淡无情的客观态度来写作的，这是对莎士比亚的诬蔑。别林斯基

①《西欧文学简论》，17页。

② 沃尔金《论空想社会主义者》，64、66、67页。

说道："这种客观性全然不是冷淡无情，因为冷淡无情可以破坏诗篇，莎士比亚乃是一个伟大的诗人。"马克思、恩格斯说"莎士比亚化"，乃是指历史上进步倾向"要让它自己从场面和情节中流露出来"，而不要把逻辑思维中的结论生硬地塞给读者。在这方面，莎士比亚在文学史上算是比较好的典范，因此要作家们向他学习。

（三）

第二，"莎士比亚化"的含意，有一种文艺创作的原则应以现实主义为主的意思，而浪漫主义的因素不仅不应剔除，还应紧密结合于其中；但比较起来，浪漫主义终究是为辅的，次要的。

从马克思恩格斯给拉萨尔的信来看，他们批评《西金根》一剧的主要缺点就是现实主义精神贯串得还不够。他们不是说描写骑士阶级的代表西金根有革命的思想行动就不可能，而是指出作者没有能真正历史唯物主义地探究一下当时的"意识到历史内容"，而事实上倒应该把农民与城市革命分子的代表当着重要的积极的背景给表现出来。马克思指出："这样，你才能更高度地把最现代的思想表现在最纯粹的形式中。”我以为“最现代的思想”就是我们今天常说的“时代精神”，也就是社会主义的、共产主义的思想，而“最纯粹的形式”就是指的现实主义的创作方法，用这种方法来处理历史题材，一定要发掘历史发展的本质和规律，从而使作品洋溢着“时代精神”，使今天的读者观众看起来获得教益。马克思和恩格斯劝告拉萨尔，要他更加莎士比亚化，不要席勒式地把个人作为时代精神的单纯号筒，这就是说不要为了思想的要素而忽视现实的要素。这正是说明马克思、恩格斯推崇莎士比亚能够掌握现实主义，而席勒则不足。拉萨尔对西金根这题材作了抽象的道德化、主观主义的处理，正是与他的唯心论的、资产阶级的革命观点相联系的。席勒是德国启蒙时代的大作家，我们不能丝毫低估他在德国文学史上的地位；可是他有一段时间醉心于康德哲学，他在艺术上和莎士比亚比起来，就在于他的现实主义不够完满，席勒易于把自己的话硬塞在他的人物的口中。

《强盗》中的卡尔·摩尔，这伯爵的儿子如何因失宠于父亲以后就投生绿林，书中没有反映出社会背景与人物之间的有机联系。《阴谋与爱情》

中的露伊斯原本是属于峨菲丽霞型的性格，可是在三幕七场中，她与米尔佛特夫人面对面冲突时说的话："谁信得过一个穷苦的小提琴师的女儿有这样英雄气概呢？……昆虫在一滴水里面是觉得幸福的，好像一滴水就是天国。"这就变成苔丝德梦娜型的人。歌德曾经这样评价席勒："这里非常使我感到可悲的，当我们看到一个这样非常有才能的人怎样在那无助于他的哲学思维上自寻苦恼。"①这句话可以帮助我们理解席勒所以在现实主义上有缺陷的思想根源。别林斯基曾在《文学的幻想》中把席勒和莎士比亚作了相当恰当的比较："席勒把天堂的秘密传达给我们，他根据自己的见解把生活中的美表现给我们看，他只把他自己最心爱的思想和梦想歌唱给我们听——至于生活中的罪恶，他不是不真实地表现，就是夸张地加以歪曲。在这方面，席勒和拜伦是一样的。但是莎士比亚——这位神圣伟大而崇高的莎士比亚——对地狱、人间和天堂全部了解。他是自然的主宰，他从善和恶双方都索取同等分量的贡品，并且通过了他的灵感的天眼，看到了宇宙脉搏的

① 冯至等编《德国文学简史》，161页。

跃动！他的每一个剧本都是一幅世界的缩影。他跟席勒不同，没有偏爱的观念和主人公。”假如我们去掉其中稍稍夸大了的部分和某些神秘味道的语言，他在说明莎士比亚的现实主义在文学史上的积极意义方面，原是很值得我们参考的。

可是当我们读到《李尔王》第四幕第六场时，在多佛附近的乡间，受迫害的葛罗斯脱及埃特加父子在逃亡中与李尔王相遇，李尔王于颠沛流离中发了疯，使这一位刚愎自用的专制君主尝到了一般离乡背井的乡下佬的苦味，在疯颠中说出了一些“真理”，也就是莎士比亚自己所要说的东西。他吃的亏是女儿那里来的，因此首先诅咒女人和恋爱。由于葛罗斯脱被挖瞎了双眼，李尔王的台词便从“一个人就是没有眼睛，也可以看见世界的变化”起，引起全剧一段最重要的语句。他说，让法官和偷儿换了地位，谁还认得出哪个是法官，哪个是偷儿？你可以从农夫的一条狗向一个乞丐乱吠看到威权足以使人惟命是从。“杀人的是个放高利贷的家伙，被杀的是个骗子。褴褛的衣衫遮不住小小的过失；披上锦袍裘服，便可以隐匿一切。罪恶镀了金，公道的坚强的枪刺也会迎之而断，把它用破烂的布条裹起来，一根侏儒的稻草就可以戳破它。”这一段揭露历史上一切阶级社会的罪恶根源在于金钱和地位，有着“窃钩者诛，窃国者侯”的意思，就是民间谚语所谓“只许州官放火，不许百姓点灯”它是从现实主义的创作方法中洋溢着的“时代精神”，而不是硬塞在主人公口中的作家的话。《量罪记》是具有强烈的反禁欲主义思想的，而莎士比亚在塑安哲鲁这一人物时，在铺陈这一动人的故事时，是遵循现实主义的道路前进的。普希金说得好：“他用一个政治家的正颜厉色的判决来替自己的冷酷无情辩护；他诱了天真的少女，是用强有力的、引人入胜的诡辩，而不是用虔诚与献殷勤这两种可笑的混合方式。”①正因如此，这剧本对中世纪上层人士的道德虚伪竭尽嘲弄之能事了。

莎士比亚的剧本的取材都是来源于历史、传说和原有的剧本，可是他能以现实主义的创作方法加以改编和创造，显明地编织出一幅文艺复兴时代的英国社会图画和现实生活的图画。他所以老是取材于古代或外国的故事，一方面这是当时戏剧的传统；一方面也怕开罪于当时的封建王

① 朱生豪译《莎士比亚戏剧集》五集，275 页。

朝，可是剧中表现的，除去历史剧外，都是英国人的生活和思想感情。恩格斯在论莎士比亚喜剧时说得好："在他的剧本里，情节不论发生在什么地方，……呈现在我们面前的，实际上总是欢乐的英格兰。"莎士比亚的悲剧也同样符合这种说法。

历史剧反映了一些暴君的凶残与失败，同时也颂扬了一些较能照顾某些人民利益的君主。喜剧则通过大量的男女恋爱故事抨击了中世纪的虚伪道德与禁欲主义，而悲剧《罗密欧与朱丽叶》可以算是《无事烦恼》、《皆大欢喜》、《第十二夜》等喜剧的发展和总结。它说明新时代的儿女是在与蒙太玖、凯普勒特等老一代的不可调和的斗争中争取幸福的。恩格斯指出：《温莎的风流娘儿们》比德国文学具有更多的现实主义。在其第一幕中，就写出当时英国社会的一幅图画：有贵族出身的法官摆臭架子，有福尔斯塔夫爵士穷极无聊，要打有钱人太太的主意，他把她们两人（即裴琪和傅德的太太）当作两个国库，一是东印度，一是西印度，他要在这之间开辟生财大道。四大悲剧概括起来，表现人文主义的理想与当时的黑暗势力的矛盾和冲突。而《威尼斯商人》、《雅典的泰门》则在莎士比亚全部剧作中占有特殊地位，它已经能对正在酝酿中的进行着原始积累的资产阶级的卑劣行径实行“口诛笔伐”。歌德对莎士比亚的现实主义曾作崇高的评价：“他的作品的伟大基础，是真实和生活本身。因此他所写的一切仿佛都是这样真实，这样有力的。”莎剧中没有那种庸俗的虚构，而是仿佛事件发生和进行的时候他本人在场目击一般。

莎剧中的浪漫主义因素同样是大量存在的。一、表现在它的幻想世界中；二、表现在它的字里行间的激情中；三是作品中具有丰富的想象力。《哈姆雷特》中的鬼魂，《仲夏夜之梦》中的仙王仙后，《麦克佩斯》中的女巫，《暴风雨》中的精灵，我们所以能接受它，就是那个时代是才从中世纪中脱颖而出，这些人们思想中的幻想因素本来就为人们所熟习；另外，它们这些在今天看来是离奇怪诞的东西是从剧情所表现的现实生活中生长支衍出来的，并非是外加在其中的，它们往往有助于剧情的逼真，更富于说服力。其次，我们读莎剧时，经常感到在读诗，全部剧作都洋溢着浪漫主义的激情。《罗密欧与朱丽叶》的第二幕第二景本身(凯布邸花园一场)就是一首最美的抒情诗，《哈姆雷特》第三幕第四场王后寝宫中母子对话也是充满沁人肺腑的激情的好诗。再次，丰富的想象力既表现在戏剧本身的波澜诡谲，奇峰层叠不穷上；同时也表现在语言的譬喻之丰富上，它常常会把骤然看来不易联系的东西联系起来而又天衣无缝。这些优点是不易在其他的现实主义作家中找到的。

正因为具有这种特点，雨果在1827年发表的被视为浪漫主义文学宣言的《〈克伦威尔〉序》中，把莎士比亚作为一个最重要的理论根据。雨果在《莎士比亚的天才》一文中说："莎士比亚首先是一种想象"①，这是文学家对前人遗产的崇敬、赞美之词，我们又不能不说这种见解确有偏颇之处。我们只能说，莎士比亚的可贵之处在他的剧作主要是贯串着现实主义的，其次其中也洋溢着浪漫主义，因此想象成分是不可缺少的。这篇译文的后记中所说的话："虽然雨果对莎士比亚的评论表现了鲜明的主观色彩，但是，这些评论对于帮助我们理解莎士比亚并不会有所减损。"我们不能认为这

① 阿尼克斯特《莎士比亚的戏剧》，83页。《古典文艺理论译丛》(3)，98页。

样提法有什么不当，为什么呢？因为雨果的论文可以多多启发我们，莎士比亚的现实主义事实上是与浪漫主义有相通之处的。问题要辨清的，究竟何者为主。我以为，莎士比亚的贡献，他在文学史上的意义，主要在他的现实主义，而他的现实主义是紧密结合着浪漫主义的。能够体现莎士比亚的戏剧理论的是在《哈姆雷特》第三幕第二场中王子对甲伶说的一段话："太平淡了也不对，……不能超过人情的常道……。自有戏剧以来，它的目的始终是反映人生，显示善恶的本来面目，给它的时代看一看自己演变的发展的模型。"我以为他的戏剧实践正是证实他的戏剧理论的。这就是"莎士比亚化"的第二层意思。

（四）

第三，"莎士比亚化"第三层意思是指的戏剧必须要具有戏剧性，即戏（drama）必须一定是戏（play），它一定要具有结构和情节的丰富性与生动性，才能引人入胜，作家一定要通过戏剧的艺术感染力来起潜移默化的影响，来打动人心，使人动情，以传播进步思想。

马克思在《给拉萨尔的信》里用褒扬的口吻说:“首先,我应当称赞它的结构和情节,这是比任何现代德国剧本更高明的。第二,撇开纯粹批判的态度,这个剧本,在我读第一遍时,强烈地感动了我,所以对于比我更易动情的读者,它将有一种更强烈的效果。”恩格斯在《给拉萨尔的信》中又同样讲过:“这个剧本的巧妙的布局和彻头彻尾的戏剧性使我惊喜。”马克思、恩格斯都是十分重视戏剧性、结构和情节的巧妙生动的,他们认为《西金根》的根本问题在于作者没有能找到这部悲剧的矛盾之根。拉萨尔“把悲剧的冲突降到了很小的范围,使西金根不立即去向皇帝和帝国宣战(虽然你以适当的机智在这里引进了农民),而且使他的灭亡仅仅是出于贵族的冷淡和胆怯。”马克思要求拉萨尔必须更加莎士比亚化,是因为作者在处理历史题材时,还缺少历史唯物主义的观点,在创作时还缺少真正的现实主义,因此在剧本中只把代表革命的贵族占去全部的兴趣,而农民与城市革命分子的代表倒没有成为十分重要的积极背景,因此就未发掘到这悲剧的矛盾之根:“一方面是坚决反对解放农民的贵族,另一方面是农民,而他们两人就站在这两者之间。这个历史的必然要求与这要求在实际上暂时不能实现之间构成《西金根》的悲剧的真正的冲突。”根据马克思和恩格斯的教导，很显然，戏剧性和结构、布局、情节的巧妙、生动、丰富确是必不可少的，而它又必须放在马克思主义的历史观点、阶级观点之中，放在现实主义的创作方法的基础上，这样就更加莎士比亚化了。

莎士比亚的戏剧本身，在文学史上确是戏剧性和结构、情节的生动性、丰富性的典范。我们不能说莎士比亚已完全符合马克思、恩格斯所提“更加莎士比亚化”的要求，因为历史和莎士比亚本人的条件都不可能做到这样。由于莎剧体现了文艺复兴时期现实主义的高峰，一般地说，它的戏剧性还是建基于反映当时历史的主要冲突和矛盾之上的。

亚理士多德在《诗学》中就再三强调布局、结构对戏剧的重大意义：“悲剧中没有事件，则不成为悲剧，但没有‘性格’依然不失为悲剧”。“摹拟的对象是事件，事件是人的行为，人一定有某种性格上和思想上的特点，这决定他们的行为的造因，决定人们的悲欢成败。摹拟事件要靠布局，所谓布局，指情节的安排；性格决定人的品质，思想在人们证明论点或表示意见时传达出来。”①上述论点是亚理士多德根据希腊悲剧的经验来加以论述的:结构、布局与人物性格的描写,其间关系如血与肉,如鱼与水一样密不可分,而其中那安排情节,勾画事件的布局、结构毕竟占一个重要的首先要考虑的地位。

先来谈情节。情节就是戏剧的事件,它是结构、布局的核心、灵魂。什么叫“莎士比亚式的情节的生动性和丰富性”呢?生动性是指的不雷同,不呆板,丰富性意味着多种多样,变化万千。莎士比亚的戏剧的情节具有十分动人的戏剧性,不要说去看它的演出,就是读剧本,也绝不会有丝毫令人疲厌昏昏的沉闷之感。阿尼克斯特对莎士比亚这一方面的贡献作了突出的估价:“莎士比亚描写时喜欢使戏剧情节复杂展开,而在情节上总是包括几条平行的、交错的线索,这样就可以造成所发生的一切事件的完美生动的印象。”

莎士比亚喜剧的情节的生动性和丰富性是谈不穷的。《维洛那二绅士》写的是忠实于爱情与友谊的伐伦泰因与反复无常的普洛丢斯互相对比的

① 亚里斯多德《诗学》第六章。

故事，这主要情节又和朗斯、史比特这两个仆人的滑稽故事平行结合在一起。《仲夏夜之梦》是把黑美霞、海伦娜、狄米屈里斯和莱散特这两对青年的恋爱，同仙王奥白朗与仙后蒂妮霞仙国里的事件错综交织在一起。《皆大欢喜》：则叙述被放逐的公爵与被迫害的罗瑟琳、鄂兰陀如何寻找到他们的幸福的故事。亚登森林成了这出戏的最好的舞台。《无事烦恼》中裴尼狄克和琵特丽丝的故事是喜剧主线，克劳第奥与希罗的故事接近悲剧，成一副线。《第十二夜》讲的是薇珴拉和瑟巴士显这一对孪生兄妹如何因风暴与沉船而相互拆散，经过种种离奇曲折的遭遇与巧合，而终于一个成为公爵夫人，一个成为伯爵小姐的丈夫。

综合起来讲一下：这些喜剧的戏剧性之所以强，就由于它们是从生活本身当中提炼出无穷的偶然的巧合与误会，有女扮男装，有弄假成真，这些偶然的东西里面体现了必然的真实。女扮男装之所以富有戏剧性；正是由于它反映了妇女在那时急于摆脱无权状态以及她们的勇敢与机智。而人们从喜剧的强烈的戏剧性中得到大笑、微哂或点头，总是恍然有所领悟于心了。情节本身是头绪井然的，但是绝不简单化。就拿恩格斯所赞誉的《维洛那二绅士》来谈一谈吧：伐伦泰因和普洛丢斯本为好友，只是普洛丢斯对裘丽亚有炽热爱情，当时的伐伦泰因觉得心里有些烦闷，就动身往米兰去，一心想见见世面，临别时互道珍重。下面的千头万绪的变幻的根就种在这个剧本的楔子上。

当戏剧已近尾声之时，作者还不轻易将情节的隐秘随便道破。爱上伐伦泰因的公爵之女雪尔薇为父所逼，一定要她嫁给朝臣修里奥，她因此逃亡，过森林，遭盗捕，正欲去见罗宾汗式的大王伐伦泰因。此处以为近于大团圆，谁知离它还远。原来普洛丢斯却赶来捉住了她，随即求婚，正危难中，伐伦泰因出现了。普洛丢斯甚为悔恨，伐伦泰因宽恕之，并愿将雪尔薇让给他。此处或者可以将就结局了，却又没有。原来乔装僮儿的裘丽亚一听此言竟晕倒在地，一旦醒来，说是忘记将主人戒指交给雪尔薇小姐了。如今普洛丢斯一见此物，明白此物即他赠送裘丽亚者，不知何故，因追问之。裘丽亚答得妙极了：这戒指是裘丽亚亲自给了我，裘丽亚亲自带到这儿来的。普洛丢斯再一细细端详，才知道这僮儿就是裘丽亚，这一点感动了普洛丢斯，他放弃了对雪尔薇的要求，把她还给好友。此处应该可以作结了,但还是不作结束。为什么呢?因为主要矛盾虽已基本解决,还有一些前面戏中提到的次要矛盾不能不一一交代。这也可以算是莎剧的戏剧性的一大特色,因为作家绝对不草草了事,一目了然。他总是余音袅袅,不绝如缕。正当他们四人高谈爱情友谊之时,公爵和朝臣修里奥追赶来了,伐伦泰因向修里奥挑战,而修里奥则怯懦缩回,说是只有傻公才肯为姑娘去决斗。公爵一见如此,乃左袒伐伦泰因。伐伦泰因乃乘此时机,请公爵赦免林中强盗。大家当着公爵的面,述说普洛丢斯如何不顾信义的经过。两对情人同回米兰举行婚礼去了①。我们仅就这戏如何把提出的戏剧矛盾加以一一解决的,略叙一下,它就是这样地如神龙戏水,夭矫不群。

莎士比亚的几部出名的悲剧更是在情节上争奇斗胜,绝不雷同:《罗密欧与朱丽叶》用悲剧的形式仿佛成为前期喜剧的总结,诗一样的爱情还在折磨中,还需要男女主人公的不断奋斗和牺牲。《哈姆雷特》和《奥赛罗》,《李尔王》和《麦克佩斯》好像是两对相辅相成的戏。《哈姆雷特》是说的一

①《莎士比亚故事集》中的《维洛那二绅士》。

个青年学者型的人文主义的王子怎样在与黑暗势力作殊死奋斗的故事，而《奥赛罗》则说明一个光明磊落的人文主义武将在遭受利己主义者的诓骗与陷害的毒手的故事；《李尔王》是从刚愎专断到风雨落难，而《麦克佩斯》则从为国立功到自取灭亡。

现在再来侧重谈一下莎剧在布局、结构上的创新精神。我们知道：莎士比亚是熟悉希腊罗马的戏剧的，而他的可贵之处就是他突破了“三一律”，他的戏时间绝不限在24小时内，地点也绝不遵守地点一致。他的戏是多幕多场，看来当时也不可能在布景上做惟妙惟肖的功夫。希腊的悲喜剧本从希腊的史诗发展而来，而莎剧的创造则为近代现代的戏剧开辟了广阔的道路。他的戏多幕多场，有的一幕中多至六七场，有的一个场景很短，很像中国戏曲里的过场戏，易于使故事有头有尾，我甚至可以说它和中国现在的京戏、地方戏、古代戏曲有些相通之处哩。它就不像后来我们见到的某些欧洲剧本那斩头取尾，它常使有经验的观众也还易于有“丈八金刚摸不着头脑”之感。特别是他在结构布局上打破了动作一致的规律。我们怎能设想戏剧只能容许一个单一的结构，而排斥付结构？我们不愿列夫·托尔斯泰对《李尔王》的诋毁①，还是把他所十分不以为然的《李尔王》来作一个例子分析一下它的结构布局吧。

托尔斯泰对莎士比亚的否定态度是相当激烈的："不管我怎样感到这是多余的事，我将尽力在我选定的《李尔王》一剧里，指出莎士比亚的全部戏剧和喜剧所具有的缺点，由于这些缺点，它们不仅不能成为戏剧艺术的典范，而且尚难满足人所公认的艺术的起码要求。"他的主要理由是什么呢？他认为戏中的李尔王与他周围世界的"斗争不是本乎事件的自然进程，不是本乎性格，而是出于作者十分任意的安排，因此不能让读者产生构成艺术主要条件的那种幻想。"我们不妨谈一下《李尔王》的布局结构问题。这出悲剧是采用李尔王主线和葛罗斯脱副线相互交织的结构的。主线是戏的主体，如红花，副线如绿叶起辅助作用，相得益彰，红花虽好，也要绿叶扶持，这戏是尽到了这样的妙处的。

第一幕五场戏是叙李尔王把国家分为两半给

① 列夫·托尔斯泰《论莎士比亚及其戏剧》，载《古典文艺理论译丛》(2)，159 页。

两姊妹，小妹科第丽霞说了老实话，李尔王竟宣布与她断绝父女之情，慢慢地他遭受到他两个女儿的冷遇。同时交代了庶子爱特门如何假造信件，在父亲葛罗斯脱伯爵面前中伤他同父异母的哥哥埃特加。这一幕戏的作用是把主线、副线的矛盾开始交代清楚。

第二幕四场戏叙姊妹虐待李尔王，逼走老父，他气疯了，他在暴风雨中走出去了。而葛罗斯脱伯爵的长子也赤身露体地化装成一个疯叫化子落荒而逃。这一幕是主线、副线的矛盾进一步暴露，叫读者欲罢不能。

第三幕是把主线与副线开始纠缠交织在一起了。一场是肯脱嘱侍臣往多佛去见秘密登陆的科第丽霞。二场是肯脱劝李尔王躲进一间茅屋去暂避风雨。三场是葛罗斯脱伯爵表示他赞助王上，而爱特门则决心告密，出卖老父。四场是李尔王与乔装疯人的埃特加相遇，葛罗斯脱上来要冒险接王归去。五场是爱特门告密。六场是李尔王、弄人、肯脱、埃特加说了许多哲理性的疯话，诸人舁李尔王上马东向多佛去了。七场葛罗斯脱遭逮捕，两眼被挖，当他呼唤爱特门来报仇时，吕甘告以即他出首告发的，他才觉悟大儿子遭到冤枉。

这七场戏一场紧一场，好不容易把两根线自然地联结在一起。

第四幕叙李尔王与科第丽霞的重逢。葛罗斯脱拟跳崖自杀，埃特加设法阻之。戏中出现了新的矛盾，即两姊妹为爱特门而争风。

第五幕是一切事情的总结束。贡纳梨毒死她的妹妹，她亦用刀自杀。科第丽霞不幸战死。埃特加与爱特门决斗，爱败倒地，埃特加表明身份，他父已含笑九泉。奥本尼公爵用忠心的埃特加和肯脱协助主持国政，如此终场①。

根据以上的分析，我们认为莎剧的结构特征是很像奇峰突起的山峦，虽层出不穷，而井然有致；也很像奔流急湍，虽锵然鸣响，而节奏有序。这怎么能说它不合乎事件的自然进程呢，是作者的任意安排呢？这样的结构能做到使读者观众“不知后事如何”，它能紧紧扣人心弦，猜不出下场下幕将要发生什么事，这正是“莎士比亚式的情节的生动性与丰富性”所决定的戏剧结构的特征。这事实上与我们中国戏剧理论家李渔所主张的“立主脑”“减头绪”不相背悖，李渔说：“一本戏中

① 朱生豪译《莎士比亚戏剧集》五集。

有无数人名，究竟俱属陪宾；原其初心，正为一人而设。即此一人之身，自始至终，离合悲欢，中俱无限情由，无穷关目，究竟俱属衍支；原其初心，亦正为一事而设。此一人一事即传奇之主脑也。”①我们看了这位几乎与莎士比亚同时而又略后的大戏剧家的《风筝误》，可以看出他是很注重情节的生动性和丰富性，很易于叫人想起莎士比亚的喜剧的。这根突出的主线脉络在《李尔王》中是看得很清楚的，问题在于这根副线并不是可有可无的。就是肯脱，弄人的烘托作用也不是很小的。

《维洛那二绅士》中二幕三场有傻仆朗斯牵犬上场的一景，那段话是有喜剧味的，它能叫观众有一种正义要看，插曲也好的感觉。歌德有一段话赞誉莎剧的结构布局：“莎士比亚的舞台是一片美丽的百象镜，在镜箱里世界的历史挂在一根看不见的时间的线索上从我们眼前掠过。他的布局，按照普通的措词来说，不像什么布局，但他的剧本全是围绕着一个点旋转。”②正由于他的布局是从现实生活的错综复杂出发的，它是既有中心，而又

① 李渔《笠翁一家言》中的《闲情偶寄》。

② 歌德《莎士比亚命名日》，《古典文艺理论译丛》(3)，68页。

呈现出“百像镜”一样的舒卷自如,层出不穷。

(五)

“莎士比亚化”的第四层意思应该是注重莎士比亚的戏剧在人物典型方面的成就。莎士比亚作品中出现的典型画廊都是从人物性格的“个性化”出发,而达到社会历史的,阶级阶层的艺术概括。他没有把人物当作某种道德与恶习的图解,而是从现实生活出发塑成有血有肉的活生生的典型。莎士比亚的典型主要是通过紧张的情节与场面,即在生活的矛盾冲突的激荡中铸造成功的。他已开始注意到背景描写的重要作用,人物的语言也成了塑典型的重大因素了。

马克思在《给拉萨尔的信》里强调说明人物的性格描写绝对不能简单化,一定要写出性格的特征来:“你的胡腾,照我看来,表现着过多的一味的‘鼓舞’,这是很叫人厌烦的。他同时不是聪明而且非常机智的吗?因此你对待他不是极不公平吗?”他指出拉萨尔把西金根这一主人公描写得太抽象了,还批评拉萨尔让他的人物回忆太多。在对玛丽亚这人物的描写中,劫去她对世界的天真的看法，而变成权利的说教，按照她在戏中前面说过的话，那样做是不符合她的特性的。马克思说这是由于他“对席勒的偏爱而来的”，申言之，就是指出在人物性格描写方面要求“更加莎士比亚化”。

恩格斯在《给拉萨尔的信》里进一步阐明人物性格描绘与典型塑造方面的“莎士比亚化”的重要意义。恩格斯在指明当时的“糟糕的个性化”只是“垂死的末流文学的一个本质的标记”，接着就阐述了一段重要的理论，认为“莎士比亚在戏剧发展史上的意义”就在于他的剧中人物“不仅表现在他做的什么，而且表现在他怎样做”，他能“把各个人物描绘得更加鲜明些，把他们对比得更加突出些，剧本的思想内容是不会受到什么损害的。”恩格斯还提出背景描写的重要，即提示了要写出典型人物，必须先写出典型环境，恩格斯说：“一幅伐尔斯塔夫式的背景，它在这种类型的历史剧里比在莎士比亚那里会更富于效果！”

从莎士比亚塑造的典型画廊中再来研究莎士比亚创作的特点，就是不以莎士比亚为然的托尔斯泰对他在人物性格方面的塑造成就，也作了相当“一语破的”的比较公允的评断：“人们之所以把塑造性格的伟大技巧加诸莎士比亚，是因为他确实具有特色，……莎士比亚的这种特色就是擅长安排那些能够表现情感活动的场面。”这就是说，莎剧中人物典型塑造的形象所以显明与突出，是由于作家把人物放在最能表现他思想情感的场面中激荡而逐步呈现出来的。莎士比亚的典型人物性格的塑造在欧洲戏剧发展史上无疑留下了不可磨灭的贡献：它比起希腊罗马的古代剧，在人物塑造上花了较多的功夫，留下了不少的人物典型，供我们去发掘和钻研它们所以能站得住，历久不衰的道理。诚实而轻信的奥赛罗和美丽而坚强的苔丝德梦娜是体现着当时人文主义理想的典型，可是埃古则成为原始积累时期损人利己的冒险家的典型。在《威尼斯商人》中，高利贷者夏洛克是黄金权力所产生的魔鬼的化身，而安东尼奥则是作者理想中的慷慨助人，忠于友情的贵族上层人士。

普希金珍视莎士比亚对“人物性格的自由而广阔的刻划”，普希金说：“莎士比亚戏剧里面每个人都有爱憎悲忧和欢乐，但每个人都有各自的风格。”他又说：“在莫里哀的喜剧中，吝啬鬼是吝啬的，——仅此而已，而在莎士比亚的剧作里，夏洛克则是吝啬、敏捷、复仇心重、热爱儿女和机智的。”因此，我们找到莎士比亚典型塑造的特征了，他是要努力画出一个活生生的人，同时通过这个“个性化”的刻画来企图达到广泛的、社会的、阶级的以及思想倾向的艺术概括。莎士比亚在塑造典型过程中还不可能如我们今天这样明确，但是可以断言，他总想他戏中的人物能有一定广泛的社会代表性。他在用他的大笔对戏中人物浓涂大染，以突出他们的性格之时，他总是在想到要显出他们的善恶的本来面目的。因此，他比较前人更精确地做到了“每个人是典型，然而同时又是明确的个性，正如黑格尔老人所说的‘这一个’。”①

背景描写开始成为烘托典型塑造的重要手段，这只要提出《亨利四世》这部历史剧中野猪头酒店里的福尔斯塔夫式的背景就可以举一反三。戏剧语言在典型塑造里也起了重要作用，这可以莫洛左夫在 1949 年出版的《莎士比亚研究年刊》上发表的“莎士比亚的人物性格通过意象的个性化”所说的论点为例就足以说明。他谈到奥赛罗这一典型形象的语言中常用的意象往往是崇高而富有诗意的。他不说“为了最伟大的幸福”，而是

①《马克思、恩格斯、列宁、斯大林论文艺》，26 页。

说“为了海洋般的价值。”他说到苔丝德梦娜是虚妄如水的。奥赛罗不直接说“经常猜疑”，而是说“随着每一次月亮的变化，发生一次新的猜疑”。月亮在奥赛罗的语言中不断出现，特别值得我们重视。用“九个月亮（moon）”来代替“九个月（month）”，“月亮在闪霎着”以隐蔽苔丝德梦娜被猜想的通姦行为；在苔丝德梦娜被害以后，奥赛罗感到宇宙犹如“巨大的日蚀月蚀”，并说到月亮“使人发疯”，我们在“月亮”一词的重复中，分辨出这个人的某些特殊性格，某些东方的东西，普希金曾感受到这种气氛：

为什么年轻的苔丝德梦娜
爱她的摩尔人
正如月亮爱黑夜深沉……

奥赛罗的台词中那崇高而富有诗意的意象是相当丰富的。其中有一些充满了东方的气氛：如“绕太阳的两百次迴行”，蔷薇的芬芳，黄玉的世界，皮肤白得如雪白石膏一般。阿拉伯的树胶，带着珍珠的印度人等就是显明的外国的东西。有些研究者拒绝承认在奥赛罗这角色中的外国色彩，莫洛左夫认为那是错误的。奥赛罗的台词中还运用了大量古典的意象，如朱庇特、朱诺天神等①。概括起来讲，莎士比亚的戏中台词充分起了点染人物个性化的作用。

我想再通过哈姆雷特这典型来分析一下莎士比亚在典型塑造方面的贡献。多少文学家围绕着哈姆雷特写了很多文章来议论他，集中的焦点是如何理解他的性格。有人说他的性格是犹豫不决的，又有人说他的性格是坚强非凡的。我们对之应有怎样的认识？黑格尔的主张："哈姆雷特在内心上是不果断的，可是他所怀疑的，并不是他必须做什么，而是他怎样去完成这件事。"②而别林斯基则认为哈姆雷特感觉到自己身上的"德国狮子般的力量"，"哈姆雷特本性是一个坚强的人"；别林斯基说哈姆雷特所表现的精神软弱乃是"从幼稚的、自觉的和谐与精神的自我享乐转变为勇敢的自觉的和谐与精神的自我享乐的必要条件……他的伟大和力量就在自己的软弱中，因为一个精神

① 英国剑桥大学1949年出版的《Shakespeare Survey》85、86页，Mikhail M · Morozov：《The individualization of Shakespeare, scharacters through imagery》

②《黑格尔文集》第十二卷，248页。

坚强的人，即使倒下去，也是比一个站起来的人要高些。”①他们的议论未能精湛地解决这个复杂问题，他们的议论也还只是说明了问题的某个侧面。总之，有些批评家和导演企图把哈姆雷特变成一个不懂怀疑的人，而这些企图是和这形象有实质相矛盾的；另一种极端是把主人公的软弱疑虑提到绝对地步，而不懂疑虑软弱只是他一时期的心理状态。

问题的复杂在什么地方呢？即哈姆雷特这一典型是这样的奇特、复杂、新鲜，难于理解，而又富有个性特征，可又常常使读者观众能够感到他是一个“熟识的陌生人”，他身上某些性格的特点，能使我们有一中似曾相识的感觉。这里，马克思的话是启迪我们对典型作阶级分析的钥匙：“那种对于莎士比亚哈姆雷特的处理手法，在这种处理手法之下，不仅少掉了丹麦王子的忧郁，而且连王子本身也少掉了。”②我以为歌德在《维廉·麦斯特的学习时代》中关于哈姆雷特的分析，是比较接近真理的：“这个皇族的花朵，本来是娇嫩而高贵的，在

①《别林斯基文集》，335 页，转引自阿尼克斯特《莎士比亚的戏剧》。

②《马克思恩格斯全集》卷 10，461 页。

国王的直接庇荫下成长起来，正义与皇室尊严的概念，善良与纯正的情感，以及他贵族出身的意识在他身内同时发展着。他是一个王子，一个天生的王子，他希望统治，只是为了善良的人不受阻碍，永远善良。他仪表非凡，天性纯厚，心地诚恳，他本应成为青年的模范，给人世以快乐。他没有任何显著的激情，他对莪菲丽霞的爱情只是静静地预感到一些甜美的需要；他对于骑士训练的热心不完全是出自本意，必须有人称赞第三者，才能激发而提高他的兴趣；他感觉纯洁，他结识正直的人物，他懂得尊重一个诚实的人在一个朋友坦白的胸怀前所享受的安宁。他在一定程度上善于认识和评价艺术与科学里的善和美。他反对庸俗，若是在他柔弱的心灵里有憎恨萌芽，那么也不会十分过火，他只限于蔑视那些狡猾而虚伪的廷臣，怀着嘲讽的心情和他们开玩笑。他这个人本性是平静的，品行是单纯的，既不在闲散中感到舒适，也不过于贪求事业。他好像在宫廷里也要继续一种学院式的生活习惯……"①这就是歌德对哈姆雷特在他父亲死去以前的性格探索里所留下的印

① 歌德《维廉·麦斯特的学习时代》。

象,一切从一个善良的王子出发;歌德在评议他时对人文主义大学给他的影响重视得还不够,我以为歌德的见解在这地方是超出黑格尔和别林斯基的。

哈姆雷特是个什么人?他是一个文艺复兴期的具有人文主义思想,在威登堡大学读书的丹麦王子。他的性格有喜欢思索的成分,同时对世界存在着一种天真的幻想;他的阶级出身所安排给他的命运是继承王位,最好按他的理想来治理国家。一旦遭逢变故,既痛感个人遭遇的悲惨,还深一层看到整个社会的黑暗腐朽,环境与理想的冲突逼着他从幻想的天空迅速走到现实的土壤上来。一切在催他拿剑报仇,要他深思熟虑,以击败阴谋;也考虑怎样才能整顿乾坤,消灭世间的邪恶不义。他既是贵为王子的人,怎能不思考生与死的问题。因此得出结论:正因为哈姆雷特是文艺复兴期具有人文主义思想的丹麦王子,他是能思索问题,而且是准备以坚强行为来抵抗横暴的;同时他又不能不怀疑顾虑,从戏的各个场面来看,怎能说他没有柔弱的因素;正是由于他的这些特性与孤军奋斗的结果,他不得不成为那个时代的邪恶势力的牺牲。这就是我对莎士比亚所塑造的哈姆雷特的一些体会。他既是个性的，又是典型的。他是从“个性化”出发，来达到社会历史的、阶级阶层的，思想倾向的共性的艺术概括的。同时，莎士比亚善于将人物进行对比：“哈姆雷特与勒替斯是刚刚相反的人；一个是先进的，另一个是落后的，一个是开阔的，另一个是狭隘的。葛特露也不了解哈姆雷特，虽然她按照自己的方式爱着他。”①而哈姆雷特这一典型又可以从戏中跳出来同罗蜜欧，奥赛罗进行对比，可以收到相互辉映，相得益彰的好处，而绝无雷同、重复的感觉。

最后，我要一提的，就是有些研究家把莎士比亚的人物性格描绘给说成是爱憎不明，善恶不分的，这一点我表示绝对不能同意。有人说：“把人物区分为肯定的与否定的，是和莎士比亚背道而驰的。对莎士比亚来说，只有这么一种人，他的特性作者极其深刻地和多方面地加以揭示。他笔下的高尚的主人公也不是没有缺点，正如坏蛋们不是没有一些优点一样。”②我们同这种见解的基本分歧在于：我们承认要描绘好人与坏蛋的复杂的

① 米·莫罗佐夫《威廉·莎士比亚》，朱生豪译《莎士比亚戏剧集》(12)，512 页。

② 阿尼克斯特《英国文学史纲》，121 页。

性格与内心，但是莎士比亚自己不是说得很明白，他是要显示世界的善恶的本来面目，剧作家的进步倾向性难道不是通过把人分为正面人物与反面人物的刻画来表达的吗？他在表现两种对立的思想和人物的斗争中，他的爱憎是分明的。他热爱的乃是罗密欧与朱丽叶，是安东尼奥与鲍细霞，是哈姆雷特，是奥赛罗与苔丝德梦娜，是科第丽霞与埃特加，他所鞭挞的是凯普莱脱夫人，是夏洛克，是克劳迪斯，是埃古，是贡纳梨和爱特门。人们也许还会提出《裘力斯·凯撒》一剧，说作家究竟是同情谁呢？其中看不清楚。可是我们只要稍稍用功阅读，就不难看到作家还是相当明白地站在共和党人勃鲁脱斯这一边的，作家是把勃鲁脱斯作为悲剧的主人公的。我们绝对不会想念什么“不能分为正成人物与反面人物”的说法，事实上，这就是在文艺上抹杀与丢弃思想性、战斗性的某种表现。拉法格在《忆马克思》这篇回忆录的开始处抄下了《哈姆雷特》中的两句：“他是一个堂堂男子；正个说起来我再也见不到像他那样的人了。”这不是恰好传达了马克思生前对莎剧中的正面人物有着热烈的喜爱的感情吗？不这样，拉法格为什么要选用这两句诗一样的语言来作为对马克思一生的歌颂的概括。

（六）

最后一层，应该研究一下“莎士比亚化”在戏剧语言方面的意义。莎士比亚戏剧语言的特征是一种普遍从生活为提炼出来的戏剧对话语言与相当大量存在的含有哲理味的诗的语言的综合。莎士比亚在欧洲戏剧发展史上的突出贡献，在于他能继承并发扬了华美词藻的唱词与含有浓郁诗意的独白传统，最可值得我们注意的，却是他把戏剧的对白成分大大加大了，而且写得很有艺术价值，它启迪在他以后的戏剧语言的发展。

有人说：马克思、恩格斯没有在《给拉萨尔的信》中关于戏剧语言作出很多指示。可是，我们一旦稍稍认真地读它，还是可以领会一些“莎士比亚化”在语言方面的要求的。马克思有一段重要的指示：“有一些地方，我必须责备你的人物关于自己回忆得太多，这也是由于你对席勒的偏爱而来的。例如，在第一二一页上胡腾向玛丽亚叙述他的身世的时候，如果把‘全部的感觉的’等等一直到‘那比年岁的担负沉重’这些话从玛丽亚口中说出来，那是多么自然。”马克思的意思就是说戏剧语言首先应该是和现实生活相接近的对白语言，光是自顾自地回忆自己的冗长独白或自我叙述往往使戏剧情节陷于单调，不是用事件本身的场景变化来表现人物，而是作者一口气想通过一个人的语言把这人物的性格历史就交代完毕。

恩格斯提出了戏剧语言中的诗歌部分一定要讲求音韵、诗律等音乐因素，不能马虎；只有这样，在阅读时，在上演时才能收到应有的效果：“不错，在诗律方面你容许了自己一些自由，这在读时比上演还要麻烦。我很想读一读舞台脚本。以它现在的形式，它大概是不能上演的。”恩格斯同样指出很长的独白使上演成为不可能：“他（指恩格斯的一个同乡和远亲，他是一个德国青年诗人）对你的剧本十分推崇，但是认为上演是不可能的，这是由于那些很长的独白，在这中间只有一个人作戏，其余的人为要不让自己像不讲话的配角一样站在那里，一定要三番两次费尽扭捏作态的能事。”恩格斯甚至说《西金根》剧中人物的“辩论的演说”使他看出作者“在法庭和群众大会上光辉四射的素有的雄辩才能”，然而确是“不必要的东西”，因为他像席勒一样把个人作为时代精神的单纯号筒了。恩格斯公允地指出，只要作者能够深刻而细致地写出重要的戏剧对话，那就能够塑造性格，突出情节，并烘托主题："第五幕里巴尔塔萨尔与佛朗茨的对话也是很有意义的，在这对话里前者告诉他的主人应当遵守的真正革命的政策。正是在这里，真正悲剧的契机出现了，而且正是由于这重大意义，我觉得在第三幕里就应当对于这方面有比较尖锐些的指明，那里是有充分的机会可以这样办的。"

莎士比亚的戏剧语言的卓越贡献，就在于他发展了戏剧中的对白部分，使它生根于现实生活中，叫人有逼真感，可是又比现实生活的原有语言更美，更有诗意，更有节奏感。阿尼克斯特指出：莎士比亚主人公的语言，虽是往往带有诗意性质，却从来并不浮夸，他们的语言"准是适合于他们的性格"的。关于这一点，列夫·托尔斯泰提出完全不同的看法，他认为莎士比亚戏剧中的人物大都没有用合乎他性格的语言来说话："福尔斯塔夫确是十分自然而又具有特征的人物，然而，这几乎是莎士比亚笔下底唯一自然而又具有特征的人物。这个人物之所以自然而又具有特征，是因为在莎士比亚的人物里，只有他用合乎他性格的语言来说话。而他之所以说合乎他性格的语言，则是因为他说的正是堆砌着毫不可笑的笑话和索然无味的双关语的莎士比亚的语言，这种不合乎其他一切人物本性的语言，对自吹自擂，腐化堕落的酒徒福尔斯塔夫的性格却是十分合适的。”

我们所以说上述托尔斯泰的评价是一种诋毁之言，就是由于他的关于莎士比亚的戏剧语言的评价是不符合事实的。我认为，莎士比亚发展了戏剧对白，对话中反映了人物性格和戏剧冲突，它符合现实生活而又高于现实生活。不妨举一段（《奥赛罗》第四幕第一场）对白做例子：

埃古：您愿意这样想吗？

奥赛罗：这样想，埃古！

埃：什么！背着人接吻？

奥：这样的接吻是为礼法所不许的。

埃：脱光了衣服，和她的朋友睡在一床，经过一个多小时，却一点不起邪念？

奥：埃古，脱光衣服睡在床上。还会不起邪念！这明明是对魔鬼的假意矜持；无论怎样坚贞自诩的人，到了这种时候，也免不了受魔鬼的诱惑的。

埃:要是他们不及于乱,那还不过是一个小小的过失;可是假如我把一方手帕给了我的妻子。

奥:给了她便怎样?

埃:啊,主帅,那时候它就是她的东西了,既然是她的东西,我想她可以把它送给无论什么人的。

奥:她的贞操也是她自己的东西,她也可以把它送给无论什么人吗?

埃:她的贞操是一种不可捉摸的东西,世上有几个真正贞洁的贞洁妇人?可是讲到那方手帕。

奥:天哪,我但愿忘记那句话!你说,——啊,它笼罩着我的记忆,就像预兆不祥的乌鸦在一座染疫的屋顶上迴旋一样,——你说我的手帕在他的手里。

埃:是的,在他手里便怎么样?

奥:那可不大好。

埃:什么!要是我说我看见他干那对您不住的事?或是听见他说,——世上尽多那种家伙,他们靠着死命的追求征服了一个女人,或者得到什么情妇的自动垂青,就禁不住到处向人吹嘘。

奥:他说过什么话吗?

埃:说过的,主帅,可是您放心吧,他说过的话,他都可以发誓否认的。

奥:他说过什么?

埃:他说,他曾经——我不知道他曾经干些什么事。

奥:什么?什么?

埃:跟她睡——

奥:在一床?

埃:睡在一床,睡在她的身上,随您怎么说吧。

奥:跟她睡在一床!睡在她的身上!岂有此理!手帕,——口供,——手帕!叫他招供了,再把他吊死。先把他吊起来,然后叫他招供。我一想起就气得发抖,人们总是有了某种感应,阴暗的情绪才会笼罩他的心灵;一两句空洞的话是不能给我这样大的震动的。呸!磨鼻,咬耳朵,吮咀唇。会有这样的事吗?口供!——手帕!——啊,魔鬼!(晕倒)

埃:显出你的效力来吧,我的妙药,显出你的效力来吧!轻信的愚人是这样落进了圈套;许多贞洁贤淑的娘儿们,都是这样蒙上了不白之冤,喂,主帅,奥赛罗!

我们引用这一段对白是来驳斥托尔斯泰的关于莎士比亚的戏剧语言的狂论的。我们可以不看姓名，单读台词，也能猜得出哪些语言是属于奥赛罗的，哪些语言是属于埃古的。埃古的语言是刁钻古怪，皮里阳秋的语言，外表还披上一层忠于友情，激于义愤的假惺惺的外幕；奥赛罗的语言是一个豪迈、率真的武将语言，受不得一点委屈，在忍无可忍之余走上疯狂的峭壁悬崖。谁能说这种戏剧语言是不反映人物性格的语言呢？其次要指出，这种语言是生根于现实生活中的，它不冗长，短问短答，当中间杂有较长的部分，节奏是越逼越紧，也还急徐有致。这就是为近代欧洲戏剧语言，如莫里哀、易卜生、肖伯纳等的对白开辟了道路。最后，就是在这种紧张的对白中，仍然可找到诗的因素：重叠的语言不仅从一个人口中说出，而且不断从双方口中说出；疑问句、惊叹句层出不穷，激动的情绪贯串于其中，使人读之要屏息。还有重要的一点，这段对话几乎成为全剧情节发展的重要契机，人虽未害而杀机已布，等于说豪迈、率真的奥赛罗已落入奸刁的埃古所布置的陷阱里去了。这样就可以得出结论：莎士比亚大大发展了戏剧语言中的对白部分，使它生根于现实生活中，可是当它在舞台上演出时能给人们一种比原来生活中的对话更优美，更精炼的美感。它能精确而恰当地表达剧情，细致而深刻地烘托人物性格。

有人会这样提：莎士比亚戏中的独白很多，假如抽去这些独白，怎样能认识莎剧中人物性格呢？怎样来琢磨那些突出的典型形象的内心状态呢？它又怎样与席勒式的把个人作为时代精神的单纯号筒作原则性的区别呢？

《罗密欧与朱丽叶》中的二幕二场，在凯普莱脱家的花园里，朱丽叶说出了一段最著名的台词："只有你的名字才是我的仇敌，你即使不姓蒙太玖，仍然是这样的一个你。……"这一段话刻画了朱丽叶的追求幸福的反封建的思想感情，可是它还算不上是真正的独白。因为这段话是在与罗密欧对话时说的。朱丽叶在四幕三场服药时的一段独白性的朗诵诗才是在戏剧史上最有影响的：

"再会吧！只有上帝才知道我们何时重逢。

我觉有一阵低微的寒冷的惧怕流过我的血管，

它几乎要把我生命的热流凝冻。

我要去喊他们回来温存温存，

保姆！——可是要她在这里做甚？

我必需独自扮演这悲惨的一出戏。

来吧,小瓶子!
假使这药水全无作用又将怎样?
那样我是否便得在明早成婚?
不能,不能;这个要将它拦阻,你在这里等。
(将短刀放在一旁。)
假使这是一瓶毒药又怎样?这僧人
诡谲的将它给我,诚心害我的生命,
以免因为他曾经为我与罗密欧证婚,
在这二次婚姻里破坏了他的荣名?
我怕是的;可是我想也许不应是,
因为大家一直承认他是个圣洁的人。
可是假使把我放在坟墓里,
我醒来时罗密欧还没有来救我,
那又将怎样?这真是一件可怕的事!
我会不会被窒死在那暗窨里,
在罗密欧还不曾来我就被闷死,
因为新鲜的空气从来不流进那阴森的地窖子?
或者,我会活着,那是不是希望希微的事,
死亡与黑暗的可怕的幻影,
再加上那地方的恐怖气息,——
因为在那古老的收尸的地窖里,

几百年来，我全家祖先的
尸骨全埋葬在那里，紧挤在一起；
在那里新死的满身是血的泰堡尔脱，
还在尸布里发腐生蛆：在那里，听人说，
在夜静后的某一个时辰鬼魂就要聚会；——
啊呀，啊呀，是不会就会，
醒得太早，嗅着恶心的气味，
听着那似从地狱里冒出的毒狼的嗥叫，
令活着的们听到了，就会发疯；
或者，如果我醒来，我会不会变成疯子；
被包围在这一切的骇人的恐怖之中，
拿起我祖宗的骨头拚拼命乱舞，
把那被乱砍了的泰保尔脱从尸布里拖出，
在一阵狂怒中操起一位伟大祖宗的尸骨，
象用一根巨棒那样，把自己打得脑浆迸裂？
啊，你看！我觉得好象看见我表兄的阴魂，
找到了罗密欧，因为他曾用剑锋
刺透了他的胸膛，等我一等，泰保尔脱，等我，
罗密欧，我就来了！我为你饮下这个。”①

① 根据曹未风译《罗密欧及朱丽叶》(1946 年文化合作版)的 141 至 144 页译诗，参照原文，稍有更易。

这一段凄厉的独白性的唱词贯彻了反封建的激情，使全剧发出光芒。可是其中也反映出朱丽叶灵魂中对未来命运的少女的忧郁和中世纪的宗教鬼魂观念的影响。它叫我易于联想到亚·奥斯特洛夫斯基在二百多年后写的《大雷雨》中卡杰林娜的独白，那在跳河自杀前的一段独白："我回家去吗？不，我回家去就跟回到坟墓去一样。……一棵大树下面的一座小坟！多么愉快！我憎恨那些人，我憎恨那所屋，我憎恨那所屋子里的墙壁。……我的宝贝，我的欢乐，再会！"可以设想一下：《大雷雨》的作者在写这一段独白时，他竟丝毫没有利用朱丽叶独白的土壤来再创造，我个人以为是不可能的。虽然我们要承认《大雷雨》中的反封建的激情是更纯净了，它比朱丽叶的唱诗更前进了一步。

我们不妨再就著名的哈姆雷特的一段独白性的唱词来分析一下吧。"活下去还是不活：这是问题。"原文是这样的"To be, or not to be: That is the question:"用两个冒号等于把这一大段独白提出了纲目，使全段唱词染上了浓厚的哲理性色彩。"死，就是睡眠；"因此说"那应是天大的好事"，可是一旦想到"在死的睡眠里还会做些什么梦，一想到就不能不踌躇。”开始部分就是自问自答的内心解剖,反映了丹麦王子的人生观里的深刻矛盾。从“谁甘心忍受人世的鞭挞和嘲弄”(For who would bear the whips and scorns of time)一句起是这段独白唱词中的精彩的中心部分,它是可以和第 66 首十四行诗相媲美的。“忍受压迫者虐待,傲慢者凌辱,忍受失恋的痛苦,法庭的拖延,衙门的横暴,做埋头苦干的人才,受作威作福的人一脚踢出去,如果他只消自己来使一下尖刀就可以得到解脱啊?”(原诗和译文都是分行写的)它和第 66 首十四行诗中的名句实在是互相辉映,剧作家诗人严峻地抨击了当时社会的黑暗:“见到天才注定了做乞丐,空虚的草包倒穿戴得富丽堂皇。”哈姆雷特不是比第 66 首十四行诗说得更显豁些吗?“这样子顾虑使我们都成了懦夫”(This conscience does makc cowards of us all),这一小段就成了这大段独白唱词的小结①。

它好在哪里?它不是也有当时进步思想的倾向包含于其中吗?问题在于它用诗的形式表达出

① 卞之琳译《哈姆雷特》,80、81 页,《The Complete works of William Shakespeare》, W. G. Clark 与 W. Aldis Wright 编,Halcyon House 版,662、663 页。

来,中段的政治气味较浓处,也没有一种“时代精神号筒”的感觉者,它显示在主人公的思想矛盾的纠葛中,它染上了哲理性的色彩,把对当时现实的不满纠集在“生与死”的哲学命题中;独白不是生硬地硬塞给读者的,独白成为剧情发展和人物性格的逻辑发展的必然结果。读者读起来,能感到如闻其心声,如见其为人,它体现了人物的精神面貌。它洋溢着激情,它不是一种抽象的说理的语句。

象在《泰尔亲王配力克尔斯》的每一幕开始和将近收场与结尾时都有“老人上唱”,那明显是属于希腊悲喜剧合唱队唱诗的一种继续,它释情节,它述作家的观感和评断。

作家善于使用譬喻和隐喻,善于运用他华美的戏剧语言,其中富于词藻,洋溢着激情。《亨利四世后编》将结束时,亨利五世在法官前面当众说了这样的话:“各位王弟们,请你们相信我,我的狂放的感情已经随着我的父亲同时下葬,他的不死的精神却继续存留在我的身上,我要一反世人的期待,推翻一切的预料,把人们凭着我的外表所加于我的诽谤扫荡一空。今日以前,我的热血的浪潮是轻浮而躁进的,现在它已经退归大海,和浩浩的巨浸合流,从此以后,它的动荡起伏,都要按着正大庄严的节奏。”莎士比亚善于把说理的语言变成形象的语言,他使用词汇之丰富是惊人的,读他的台词好像我们读中国诗人的词赋:华美多情,充满了想象。

凯撒死后的勃鲁脱斯的演说和安东尼的演说所以成为学习英语的教材,就在于它善于用激动人心的语言以博取观众的激赏。那是做政治宣传工作的人们学习语言的一份好教材。

莎士比亚戏中的富有哲理性的诗意语言构成莎剧的灵魂,它的哲理性使人感到深厚,浓郁,它的诗意使人得到美的欣赏,感到余味无穷。哈姆雷特的,罗密欧的,泰门的某些富有哲理性的诗意语言成为世界文学史上的珠玑,同时它又是超出文学的范畴的。我们可以从契诃夫的万尼亚舅舅口中,从高尔基《底层》中的沙金的独白中听到这个富有哲理性的诗意语言的传统。无疑地,在高尔基的剧本中的确发扬光大了这个传统,而有了质的提高。

(七)

马克思在一百零五年前提出的“莎士比亚

化”,现在根据马、恩原著的精神实质,结合对莎士比亚作品的研究,共计归结为五层意思:文学艺术创作的进步思想倾向必须在充分发挥文艺创作的规律的作用之下取得体现;文艺创作的原则应以现实主义为主,浪漫主义为辅;戏剧一定要有戏剧性,必须具有情节和结构的生动性和丰富性;人物典型的塑造要从“个性化”出发,以达到社会的阶级的艺术概括;莎剧语言的特征是一种普遍从生活中提炼出来的对话语言与含有哲理性的诗的语言的综合。

今天要不要倡导“莎士比亚化”呢?马克思、恩格斯对拉萨尔的信就很好说明这一点。伟大的无产阶级的革命导师,看到拉萨尔在当时尚具有某些社会主义的思想倾向,可是在《西金根》里还不够“莎士比亚化”,因此对他提出进一步的要求,提出批评和愿望。列宁在1905年写的《党的组织和党的文学》中,提出社会主义文学的要求,认为文学乃是为共产主义而斗争的无产阶级总事业中的一部分,文学应当成为党的文学。列宁也非常强调文艺创作的特点,党的政策应该保证作家有发挥艺术创造的广大余地。1941年毛主席发表经典性的马克思主义的文艺理论著作《在延安文艺座谈会上的讲话》,着重提出文艺是阶级斗争的工具和党的工农兵文艺路线,要求革命的政治内容与尽可能完美的艺术形式的统一。在文学界确立并巩固了党的领导,明确了社会主义、共产主义的方向,在经历了一系列意识形态的阶级斗争以后,倡导"莎士比亚化",就是提高社会主义文学的思想和艺术水平,就是要文学艺术能更好更有成效地成为无产阶级的阶级斗争的武器和进行社会主义革命和社会主义建设的强有力的工具。其意义是深远而且是相当重大的。

不过,在这一工作中,要注意两点:

首先,提倡"莎士比亚化"与盲目崇拜资产阶级文艺的态度是有原则区别的。我们对莎士比亚的遗产,同样应贯彻批判吸收的原则。莎士比亚诚然是资本主义上升期代表进步思想倾向的文学家,它的遗产应该成为我们学习的对象。可是,不应忘记,莎士比亚的"人文主义是带有局限性的,他虽然主张把人的个性从封建暴政和教会的精神压迫下解放出来,但他的目的并不是把劳动者的个性从剥削和贫困的枷锁下解放出来。"①在《皆大

① 敦尼克等主编《哲学史》第一卷,上册,326 页。

欢喜》这部喜剧中，当饥饿的鄂兰陀与逃亡在亚登森林中的公爵晤面时，公爵说了下面的话：“我们确曾见过好日子，曾经被神圣的钟声召集到教堂里去，参加过上流的宴会，从我们的眼上揩去被神经的怜悯所感动而流下的眼泪；所以你不妨和和气气地坐下来，凡是我们可帮忙满足你需要的地方，一定愿意效劳。”①不用多讲，阶级与阶级斗争的真理，是托玛斯·摩尔所不懂，也不是莎士比亚能体会到的。这种能对下层人民充满怜悯的“上流人”曾经是莎士比亚的理想人物，他们慷慨好施，能用人间的礼貌来对待穷人，这就明显表露出资产阶级的人道主义所宣扬的“阶级调和”。这在今天看来，显而易见，是莎士比亚思想中的“糟粕”了。他所写的最好的戏，也不可能表现出历史是人民创造的，只是一些孤军奋斗的悲剧，没有画出人民站起来的雄伟图象。

莎士比亚的现实主义，也不是无可疵议的。作家在处理历史题材时，往往有不够历史主义之处，作家往往对戏剧事件中的时间观念和地理环境的精确性重视不够，丹麦王子读的威登堡大学

① 朱生豪译《莎士比亚戏剧集》(2)，46页。

是古代所无，到文艺复兴时期才有。写的很多外国地方都是像英格兰。无论是写的什么古代，结果都是像写的文艺复兴时代。这一点，如若今天用历史唯物主义来衡量，处理历史题材就不精确了。我们晓得：莎士比亚写戏的时代是以舞台效果为出发点的，再说，莎士比亚在当日编戏时要做穷搜博讨的工夫也不可能。此外，很多戏里的典型环境的创造都是不够的。

要注意批判地吸收，还要不“胶柱鼓瑟”，谁要是把莎士比亚的遗产作生搬硬套地运用，谁就是不懂“莎士比亚化”。我以为莱辛在《汉堡剧评》里说的一段话很有价值：“要学习莎士比亚，而不要剽窃莎士比亚。如果我们有天才，莎士比亚是对于我们必然就像照象机暗箱之对于风景画家那样。他应该勤快地向里头瞧瞧，来学习一下，自然怎样在各种情况下投射到一个平面上去的，但他却不可以从中借取什么。”①我们要学习“莎士比亚化”的精神。一个剧作家要具体学习遗产，那自然应以祖国为主；不过讲起世界戏剧文学的遗产，莎士比亚的著作可说是宝库中的珍珠。但假如有人写

① 莱辛《汉堡剧评》，《古典文艺理论译丛》(3)，120页。

一部反映当代生活的话剧，硬是要学莎剧那样华美得近乎词赋的语言，又很可能会叫人觉得矫揉造作。

其次，我们倡导“莎士比亚化”的目的是为了提高我国社会主义文学事业的质量，是在要求文学能更好地遵循文艺创作规律来加强党性、战斗性，来发挥文艺为社会主义事业、共产主义思想服务的作用；是在毛主席文艺思想光辉照耀下进一步要求无产阶级的文学要有“革命的政治内容和尽可能完美的艺术形式的统一”。既然在长长的整个过渡时期中，充满了复杂的时起时伏的阶级斗争，文学家就更必须继续加强思想改造，必须在创作与批评研究的实践中，不断提高自己的思想水平。“莎士比亚化”的倡导，永远是在政治标准第一、艺术标准第二的大前提下进行的，它绝对不会有一点削弱思想性的意思。最近，我们高兴地看到沈西蒙同志等写的《霓虹灯下的哨兵》等好戏，这难道不是说明我们的戏剧正是遵循“莎士比亚化”的道路来反映当代错综复杂的阶级斗争与传导共产主义的思想光辉吗？这样，“莎士比亚化”就有助于整个无产阶级领导的社会主义的文艺事业了。文学艺术上的“巨大的思想深度和意识到的历史内容,同莎士比亚式的情节的生动性和丰富性”,只有在社会主义的革命文学中才能作完善的融合,把三者融为一炉。

(《扬州师院学报》1964 年)

忆先兄上青

1989年8月29日，是先兄上青牺牲50周年。五十寒暑，每每忆起上青，就好像看见他站在我的面前，或诵读诗文，或评点时事……

我家原在江都河南，民国初年搬入扬州，初住在琼观街田家巷附近。我父亲共有子女7人。大哥江世俊，号冠千，是朱自清的同学，也写得一手好文章，但后来协助父亲料理家庭事务等，没有继续深造。二哥、三哥童年因病夭折。四姐江世英也在解放前早逝。五哥江世雄读书不多，但人老实，“文革”初在上海被红卫兵推倒跌地中风而死。六哥就是江上青。

先兄上青原名江世侯，他比我大3岁。我们兄弟幼年曾一起在扬州琼花观小学读书。他自幼颖悟。我记得我们常在一起玩插香烟盒卡片的游戏。那时候，香烟盒内卡片常印有古代名人的名字和画像，我们把这些香烟盒里的卡片积累起来，在一起比谁能按卡片上的名人所处的年代顺序迅速把它排列起来。玩这个游戏,需要一定的历史知识,每次总是上青排列得最快。上青后来转入第一高等学校,接着升入扬州代用商业学校。1927年间,由于北伐战争,当地局势很乱,我便和上青到南通的大哥处。上青考入南通中学高中部。

上青考入南通中学后,认识了顾民元同志。顾民元的父亲顾怡生先生是民主进步人士,他的姨兄刘瑞龙同志这时已参加革命。在他们的影响下,顾民元也具有很进步的思想。而上青由于受父亲的民主开明的思想倾向熏陶,自小就具有很强烈的正义感。他俩在南通认识后引为知己,积极参加学生运动,同时参加了共产主义青年团。这是上青走上革命道路的开端。

1928年,上青转学回扬州,在扬州中学读高二,继续从事地下学运工作。不久,上青在东关江家桥的家中被捕了。由于父亲在扬州商人中的人缘很好,东关的许多商人联名保释他。但是,反动当局不准保释,把他押到了苏州,关在司前街监狱。开庭审理时,父亲请了胡显伯律师为上青辩护。胡显伯先生是父亲的诗友,他出庭辩护后,法院以上青年幼无知关押半年予以释放。当时上青才 17 岁。

1929 年上半年，上青出狱后，向往民主自由、追求革命的意志更加坚强了。但他在扬州无法待下去，父亲为了给他一条出路，便凑了一笔钱，让他到上海艺大读文学系。因为田汉等人这时正在上海艺大教书，父亲对上青寄予了厚望。临行前，父亲把他“江世侯”的名字改为“江上青”，就是希望他在文学艺术方面有所造诣。上青到了上海艺大后，参加了地下党，继续从事学运工作，组织地下红色学生会，与法帝国主义及国民党反动派开展斗争，还经常和郁达夫、殷夫等人来往。这一年冬天，他们的活动终于引起了敌人的注意，在北四川路粤商大酒楼又一次被捕。敌人由于掌握证据不足，以莫须有罪名判处上青苦役 1 年，关在提篮桥监狱西牢。当时与上青同一个党支部的杨纤如经常为上青兄送东西。上青被捕后，他假上青之名写信回来，一直瞒着我们家。前不久，杨纤如还赋诗悼念他：“回首当年路满荆，高歌慷慨不低吟。外扬内秀连昆玉，觌面移情怀上青。”

1930 年冬上青出狱。他出狱后身体不好，便到南通父亲那儿去养病。后来身体稍好些，又受党组织的派遣，在 1931 年秋到暨南大学社会学系读书,继续开展学运工作。由于这时革命处于低潮,上青1932年重新回到扬州。他回家后积极与一批热血青年陈君冶等人办起了《新世纪周刊》,借以推动扬州的学运工作。上青嫉恶如仇,不断在《新世纪周刊》上发表文章,评点时事,终于又引起本地恶势力的仇视。1933年父亲病逝,上青居丧在家,他为了避开恶势力的锋芒,就到仪征十二圩中学教书。仪征十二圩镇过去是盐运中心,比较繁华,因此在十二圩中学求学的青年也较多。上青就继续在学生中宣传马克思主义。后来组织"江都县文化界救亡协会流动宣传团",十二圩中学的很多学生,如赵敏、李公然等主动参加救亡宣传团,与上青的宣传组织工作是分不开的。1934年,上青又到东海民众教育馆做辅导工作,1935年才回扬州,应邀到平民中学任国文教员。

这时正是抗日战争前夕,上青为组织宣传抗日与弘扬新文化,与在淮阴师范教书的于在春、顾民元联系,发起创办了《写作与阅读》杂志。我也参加了编辑工作。《写作与阅读》办起来后,就以扬州平中作通讯地址,第一卷在镇江印刷,由上海杂志公司发行。后来上青在陈洪进的介绍下,与新知书店的姜君辰同志联系,第二卷起改由上海新知书店出版。在当时的政治环境下，上青和顾民元等借谈文艺谈教学，在《写作与阅读》上发表了大量文章，进行宣传鼓动。《写作与阅读》一共出版了10期就停刊了。这时，在日本留学的陈素回到扬州，积极宣传抗日，上青又立即和他一起办起了《抗敌》周刊。为了扩大《抗敌》周刊的影响，通过宣缔之同志请冯玉祥将军为杂志写了刊名。这期间，上青以自己的言行文章培养了很多青年，孙峰就是其中的一位，孙峰是孙蔚民同志的长女。这年秋天，上青和莫璞、陈素等人又组织成立了“江都县文化界救亡协会流动宣传团”。从办杂志到创立宣传团都得到王石城、黄福祥两位老兄的帮助。宣传团成立后，我们从江都出发，先后到了六安、颍上等地广泛开展抗日宣传组织民众工作。当时上青才26岁，正是风华正茂的时候，他很会讲演，每次街头讲演都吸引了大批听众。我们宣传团后来到了浠水，一部分加入广西军参加武装抗日，上青带赵敏等另一部分同志到了立煌。这时他找到了武汉八路军办事处，汇报了近几年的工作情况。后来安徽省抗日动员委员会的张劲夫同志为他接转了组织关系。我在浠水和上青分手后，他经常给我写信，并曾有诗寄我。下面的这一首诗，就是他在牺牲前寄给我的，可以说是他的诀别诗。

过隙光阴逝白驹，
十年患难早相扶。
雄心拼付三期战，
别绪全凭一雁书。
春水绿杨思故里，
秋山红叶走征途。
天涯兄弟成劳燕，
互问风尘老病无。

1938年冬，他受中共安徽省工委派遣，到国民党安徽第六行政区专员、保安司令盛子瑾部做地下工作，公开职务为专员秘书和政治部主任，同时担任秘密的中共特别支部书记，致力于开辟皖东北抗日根据地，创办了《皖东北日报》和军政干部学校，打开了皖东北抗日民族统一战线的局面。不料浠水一别竟成永别，他于1939年8月29日遭到反动地主武装袭击，长眠于洪泽湖畔，转眼已是50年！

回忆先兄上青的革命历程，他是一个不屈不

挠的追求真理、勇于献身的优秀共产党员，他两次坐牢，一次受恶势力迫害，但都没有对革命丧失信心，而是以执著的革命韧性精神，义无反顾地一次又一次投入到革命大潮中，直到最后牺牲了自己的宝贵生命。他在短暂的28年生涯中写下了一首高昂的生命之歌。六嫂王者兰曾对我们家的后一辈说："你们的六公公是为党的事业牺牲的，你们都要像他那样努力工作，争取入党，跟着党走。"如今，上青为之奋斗的理想早已变成了现实。在他牺牲50周年之际，爰步50年前上青兄赠诗韵以和，作为这篇回忆上青兄短文的结束：

五十年前过隙驹，
踽踽行步忆搀扶。
馨香一瓣灵应笑，
园木森然人展书。
春水连天增秀景，
高楼远眺念征途。
洪湖鱼美双沟酒，
舟楫江淮恙应无。

（1989年4月于北京）

后　记

江树峰先生在新中国成立之前，曾在我校任国文教师；新中国成立初期，在我校任政常科首席教员，并于1951年奉令赴京参加全国中等教育会议。

今年正值江先生诞辰100周年（农历）和逝世20周年，承蒙先生家属信任，委托我校编辑《江树峰诗文选》一书。江泽民同志还为本书题签。现奉献于诸位面前，以为纪念。

江树峰先生生前出版的有《梦翰诗词钞》（香港图启有限公司1982年版）和线装本《梦翰诗词钞（附续编）》（花山文艺出版社1992年版）。身后又出版了《梦翰诗词钞（再续集）》（中国妇女出版社1994年版）。我们听取了多方意见，从500多首诗词中选取了130首，并校正了一些过去印制中出现的讹误，编为“梦翰诗词选”。同时，我们在先生发表的文章中，选取了部分有代表性的作品，对其中引用的一些古代诗句文句，也尽力一一核实，编成“梦翰文选”。上世纪五十年代，先生还编著过两本册子，《〈水浒〉的好处》（上海北新书局 1953 年 11 月出版）和《苏联文学小史》（江苏文艺出版社 1958 年 12 月出版），因篇幅所限，不再录入本书。

在编辑本书过程中，得到江树峰先生的高足丁家桐先生的关心和指导，在此顺表谢忱。

江苏省扬州中学校史研究室

2013 年 10 月